Coleção Karl May

1. Entre Apaches e Comanches
2. A Vingança de Winnetou
3. Um Plano Diabólico
4. O Castelo Asteca
5. Através do Oeste
6. A Última Batalha
7. A Cabeça do Diabo
8. A Morte do Herói
9. Os Filhos do Assassino
10. A Casa da Morte

A ÚLTIMA BATALHA

COLEÇÃO KARL MAY

VOL. 6

Tradução
Carolina Andrade

VILLA RICA EDITORAS REUNIDAS LTDA
Belo Horizonte
Rua São Geraldo, 53 - Floresta - Cep. 30150-070 - Tel.: (31) 212-4600
Fax.: (31) 224-5151
Rio de Janeiro
Rua Benjamin Constant, 118 - Glória - Cep. 20241-150 - Tel.: 252-8327

KARL MAY

A ÚLTIMA BATALHA

VILLA RICA
Belo Horizonte - Rio de Janeiro

2000

Direitos de Propriedade Literária adquiridos pela
VILLA RICA EDITORAS REUNIDAS LTDA
Belo Horizonte - Rio de Janeiro

Impresso no Brasil
Printed in Brazil

ÍNDICE

A Cavalgada na Noite	9
Espionando os Magalones	17
Os Cativos	25
Planos de Batalha	31
A Indignação de Afonso Murphy	40
Uma Arma Singular	64
O Caçador Caçado	78
Uma Esplêndida Armadilha	95
Um Contratempo Inesperado	102
O Irmão de Maria Vogel	114
A Chegada do Inglês	124
O Quinto Mandamento	142
Epílogo	146

A Cavalgada na Noite

Capítulo Primeiro

Enquanto cavalgava junto ao guerreiro da tribo dos nijoras, o sol se pôs e a luz começou a sumir suavemente, começando a cair a escuridão. O céu cobriu-se de estrelas e no horizonte apareceu o delgado semicírculo da lua.

A claridade daquela noite não era favorável aos meus planos mas, felizmente, haviam nuvens vindas do leste, e como o vento estava soprando nesta direção, esperei que o céu ficasse encoberto.

Cavalgamos em silêncio pela extensa pradaria, pois o guerreiro nijora jamais se atreveria a dirigir a palavra a Mão-de-Ferro sem que este previamente o fizesse. Era uma situação um tanto ou quanto difícil para mim, ainda que não me considerasse merecedor de grandes privilégios ou direitos, como se estivesse acima dele. Mas tinha que admitir a realidade: para muitos peles-vermelhas do bravo Oeste, Mão-de-Ferro era o amigo predileto de Winnetou, o grande chefe de todas as tribos apaches, o qual o considerava como irmão desde há muitos anos.

Por outro lado, haviam as muitas aventuras que eu havia vivido junto a Winnetou naquela longínqua região, e das quais sempre havíamos saído vitoriosos, até o ponto de me chamarem Mão-de-Ferro, o que não deixava de ser um motivo de orgulho para mim, porque minha mão havia destruído a todos que, abusando da maldade ou do poder, haviam-se lançado ao crime.

E aquela cavalgada noturna estava destinada a impor a justiça e evitar uma terrível batalha que ia ter lugar entre as tribos rivais dos índios nijoras e os belicosos magalones, comandados pelo chefe Vento Forte, que infelizmente havia estabelecido relações com o canalha e ambicioso Jonathan Melton.

* * *

Tempos atrás, ajudado por seu tio Henry e seu pai Thomas, e usando de mil ardis e crimes, Jonathan Melton havia conseguido realizar uma grande fraude. Assassinou seu amigo Small Hunter e apossou-se de seus documentos, apresentando-se em Nova Orleães como se fosse o próprio Hunter, herdando assim uma enorme quantia que o pai da vítima tinha deixado para o filho, o qual tinha se ausentado dos Estados Unidos há vários anos, em viagem pelo Oriente.

A casualidade quis que Melton e Small Hunter fossem parecidos fisicamente, o que facilitou este plano diabólico, conseguindo o canalha enganar o advogado Murphy, que estava encarregado de administrar a fortuna até a chegada do herdeiro.

Conseguindo colocar as mãos no dinheiro, Melton fugiu com seu tio e seu pai, refugiando-se no Oeste para esperarem um pouco, enquanto as coisas se acalmavam, e só então aproveitar os muitos milhões roubados. Aquela teria sido mesmo uma medida prudente, e se não fosse pela intervenção minha e de meus amigos Winnetou e Emery Bothwell, eles teriam-na levado a cabo facilmente.

Mas, para a infelicidade deles, já estávamos seguindo sua pista, e iniciamos sua perseguição não só pelo interesse de levarmos Melton e seus cúmplices à justiça, mas também para recuperarmos a fortuna que pertencia, legitimamente, a dois bons amigos meus, que eu havia conhecido ainda na Alemanha.

Com efeito, Maria e seu irmão, Franz Vogel, eram sobrinhos do finado pai de Small Hunter, e quando este foi assassinado, friamente, passaram a ser os únicos e legítimos herdeiros da enorme herança.

* * *

Mil peripécias, mil riscos, mil aventuras e não pouco trabalho e esforço nos custou seguir o rastro daqueles criminosos que, pouco a pouco, e naquela tenaz perseguição, acossados e fugindo constantemente, acabaram por se refugiar na tribo dos magalones, a quem enganaram contando várias mentiras sobre nós.

Além de Winnetou e de Emery, também nos ajudava o guia e célebre explorador do Oeste Will Dunker, uma pessoa um tanto ou quanto extravagante e incomum, mas que, sem dúvida, poderia nos ajudar muito naquelas apartadas regiões dos Estados Unidos que ele tão bem conhecia.

Em sua última tentativa de nos matar, Jonathan havia conseguido que os índios magalones atacassem a carruagem onde, guiados por Will Dunker, Maria Vogel e o advogado Murphy viajavam, para reunir-se a nós. Vento Forte não só cometeu o erro de fazê-los prisioneiros, mas também colocou sob o comando de Melton cinqüenta de seus melhores guerreiros para que nos atacassem e nos eliminassem.

Na realidade, Vento Forte agira assim ao ser informado pelo mentiroso Melton que nós havíamos nos unido aos nijoras para atacá-los, assim como Winnetou. Também disse a ele que Winnetou havia matado a muitos yumas quando assaltamos o castelo asteca da judia Judith, e que só ele havia conseguido escapar do extermínio.

O índio é, por natureza, cauteloso e astuto em seu trato com o homem branco, que nem sempre o tratou bem. Não esquece que a maioria dos tratados de paz foram rompidos pelos mesmos homens brancos. Seu ódio por eles é, pois, em defesa de sua integridade. Mas também são ingênuos e fáceis de serem levados a situações limite quando alguém, mais esperto que eles, sabe atraí-los com mentiras e enganos.

Sua vida, quase primitiva, os leva a manter uma posição de violência a seu redor, sobretudo quando se sentem ameaçados. São conscientes de que, se não reagirem logo e com violência, podem ter sua vida em risco. E então, sem pensar muito, para não serem vencidos, atacam. Para não morrer, matam.

Jonathan Melton soube muito bem explorar estas circunstâncias e foi considerado como amigo por Vento Forte, que se lançou a uma campanha guerreira contra os nijoras, a quem considerava nossos aliados. Saiu em busca de seus inimigos com todos os seus homens, tendo como prisioneiros Maria Vogel e Murphy, e ainda colocou mais cinqüenta homens sob o comando de Jonathan para nos atacar.

Mas se Vento Forte conseguiu uma vitória, para Melton a batalha foi um fracasso, ainda que, felizmente, tenhamos conseguido evitar um derramamento de sangue. Winnetou, Emery, Will Dunker e eu conseguimos atraí-los, levando-os para junto à laguna das Águas Profundas, onde os encurralamos, com a ajuda de cem guerreiros nijoras comandados pelo chefe Flecha Rápida.

Esta vitória fulminante foi possível porque, na noite anterior, Winnetou e eu espionamos o acampamento dos magalones. A conversa que escutamos entre Jonathan e Judith nos foi de enorme utilidade, já que ficamos a par de suas intenções, ganhando-lhes horas de vantagem, o que nos permitiu preparar a emboscada.

E ali, junto da laguna das Águas Profundas, Jonathan Melton teve que render-se ante nossos cem rifles, sendo feito prisioneiro no ato.

Capturamos também a bela Judith. Melton enfureceu-se com sua formosa noiva, considerando-a responsável por sua vergonhosa derrota, e atacou a mulher a quem iria desposar, tentando afogá-la na laguna, o que não conseguiu. Eu, que havia presenciado a cena, lancei-me na água e tentei salvar a mulher. Mas Winnetou adiantou-se, pois ele era muito mais ágil do que eu.

Tiramos Judith desmaiada de dentro da água e, quando ela recobrou os sentidos, encontrou-se amarrada junto a Melton. E a bela judia, que havia pensado em casar-se com ele levada por sua ambição desmedida, quando viu seus planos irem por água abaixo, despejou uma torrente de insultos sobre o noivo. Aquela discussão azeda fez as delícias do divertido Will Dunker e até do próprio Emery.

Mas nem Winnetou nem eu tivemos muito tempo para descansar. Sabíamos que não muito longe dali teria lugar outro encontro entre os magalones e os nijoras, e que se não o evitássemos, aquela batalha iria converter-se numa autêntica carnificina.

E era para se temer isto, já que Flecha Rápida dispunha de trezentos guerreiros, não ficando Vento Forte muito atrás. E quando os peles-vermelhas lutam contra sua tribo rival, as baixas são mais numerosas do que em batalhas usuais.

Vitórias relativas, porque eram custosas em vidas humanas para ambos os lados, e triunfos precários que não merecem nem ao vencedor o quanto lhe custam.

Por isso, umas horas antes, Winnetou havia se deslocado para o local onde a batalha devia ter lugar, indicando-me que me reunisse a ele uma vez que nossos companheiros Emery e Will Dunker poderiam dar conta dos cinqüenta índios magalones e do casal Jonathan e Judith.

Por outro lado, nosso interesse em evitar aquela luta não era só para evitar o derramamento de sangue entre as tribos. Não podíamos esquecer que os magalones ainda tinham em seu poder Maria Vogel e o advogado Murphy, e que com Flecha Rápida tínhamos deixado Franz Vogel e o velho Thomas Melton, pai de Jonathan, que também deveria responder perante a lei e a justiça por seus muitos crimes.

Evitar a grande batalha, libertar Maria e o advogado, e ainda conseguir que os nijoras nos devolvessem Franz e o nosso prisioneiro, que estavam sob sua custódia, eram motivos mais que suficientes para justificar nossa marcha noturna que, uma vez mais, punha a prova minhas forças.

E pensando em tudo isso, meus pensamentos em confuso turbilhão, continuei a cavalgar em silêncio, agradecendo ao fato do guerreiro nijora não emitir nem mesmo um ruído, para não interromper os pensamentos do homem branco que ia a seu lado.

Capítulo II

Quando nos detivemos, eu disparei minha "mataursos" tal como havia combinado com Winnetou, de forma que ele pudesse identificar o local onde estávamos. Esperei uns segundos para que a espingarda de prata de Winnetou me respondesse, e nos guiasse na noite, mas em lugar do disparo, ouvi uma voz muito perto de mim:

— Estou aqui. Winnetou reconheceu a voz da arma de seu irmão.

Virei a cabeça e pude ver a silhueta do apache que se aproximava de nós.

— Meu irmão calculou com tanta exatidão o terreno, que parou perto de mim. Gosto que Mão-de-Ferro saiba orientar-se tão bem!

— Você me ensinou Winnetou. Faz muito tempo que está aqui?

— Não muito. Tive que esperar o dia morrer para observar melhor os magalones.

— Estão acampados no Manancial Sombrio?

— Sim, mas já sabe meu irmão que no lugar onde brota a água das pedras, não há espaço para todos os guerreiros de Vento Forte. Por isso ali estão somente o chefe e seus guerreiros mais valentes.

— E onde estão os outros?

— Mais abaixo, seguindo o curso da água.

— Colocaram sentinelas?

— Somente onde acamparam. Os magalones são uma tribo pouco prudente, e também muito soberba. Acreditam-se superiores e não temem o inimigo.

— Estão convencidos de que este território é deles, Winnetou. No fundo, fazem assim para provocarem e mostrar seu desprezo pelos nijoras.

Winnetou então, observou durante uns minutos o bonito cavalo do índio que me acompanhava.

— Sabe onde se encontra a carruagem? — perguntei-lhe.

— Meu irmão refere-se à que utilizaram sua amiga Maria e o advogado de Nova Orleães?

— Esta mesmo, Winnetou.

— Não está distante de onde o chefe acampou.

— Pôde ver os prisioneiros?

— Sim. Estão dentro da carruagem, vigiados por dois sentinelas.

— Vê-los iria me alegrar enormemente, e também me permitiria dar uma olhada no acampamento.

— Meu irmão pode fazê-lo, com as devidas precauções.

Olhou para o céu, acrescentando:

— As nuvens que agora estão sobre nós, há alguns momentos atrás só se anunciavam. Não tardarão em cobrir o céu e a escuridão será maior. Isto lhe ajudará, Mão-de-Ferro.

Os cálculos de Winnetou foram exatos. As nuvens foram compactando-se mais e mais, e as estrelas não tardaram a desaparecer debaixo daquele espesso véu. Foi quando meu amigo me disse:

— Já podemos ir.

— Irá me acompanhar?

— Sim, eu já conheço o caminho e lhe guiarei. Deixemos os cavalos aqui; o guerreiro nijora se encarregará deles.

— Espera. Deixarei também meus rifles. Não quero que me atrapalhem!

— Winnetou recomenda a seu irmão que deixe somente a "mata-ursos". Eu levo o outro rifle.

— Não creio que seja necessário.

— Assim também espero, mas enquanto você vigia os magalones, ficarei vigiando. Se meu irmão tiver a desgraça de ser descoberto, o ruídos chegarão até mim, e poderei lhe defender. Sua arma pode disparar muitas vezes sem ser recarregada, e isto assustará nossos inimigos.

Entreguei a pesada "mata-ursos" ao nijora, e Winnetou empunhou meu rifle de repetição. E nos afastamos em direção ao sul, onde estava o Manancial Sombrio.

ESPIONANDO OS MAGALONES

Capítulo Primeiro

Por causa das nuvens, a noite estava tão escura que não conseguíamos enxergar quase nada. Aquilo até nos favorecia, permitindo-nos uma maior liberdade de movimentos.

Meia hora mais tarde, Winnetou deteve-se, indicando-me a meia-voz:

— Se der mais cem passos tropeçará com o primeiro grupo de arbustos. Recorde-se que, seguindo em linha reta encontra-se o rio, e em suas margens está o chefe dos magalones.

— De que lado? — indaguei.

— Na margem esquerda. Os demais estão do outro lado. Entre ambos os grupos está a carruagem com os prisioneiros.

— Quantos sentinelas? Um, dois?

— Dois.

— E os cavalos? Onde estão?

— Do outro lado dos arbustos. Aonde irá meu irmão?

— Gostaria de aproximar-me, primeiro, do chefe. O mais possível.

— E depois?

— Tentarei falar com Maria e Murphy... Se conseguir!

Pude ver a preocupação refletida no rosto de meu bom amigo, que sempre procurava livrar-me dos perigos:

— Isso é muito perigoso. Para falar com eles meu irmão irá aproximar-se muito — objetou ele.

— Eu sei, mas precisam animar-se e minha presença lhes trará conforto e esperança.

Winnetou guardou silêncio, e em seu mutismo adivinhei que duvidava. Normalmente sempre seguia seus conselhos, mas aquela vez insisti, e para tranqüilizá-lo, disse:

— Não descuidarei. Só levarei a cabo meus propósitos se me convencer de que não corro mais perigo do que o usual. Se não for assim, me retirarei.

Ele continuava em silêncio, e eu então acrescentei, para dissipar-lhe as dúvidas:

— Se você ver que estou em perigo, dispare para me alertar, certo?

— Sim.

— Mas não faça nada antes de ouvir dois ou três disparos de meu revólver.

Ao nos separarmos, apertamos as mãos amigavelmente e, sem dizer nem mais uma palavra parti, feliz por contar com a amizade daquele homem único, enérgico, valente, audaz e decidido, possuidor, ao mesmo tempo, de uma enorme capacidade de compreensão.

Winnetou sabia o que significava Maria Vogel para mim. A irmã de meu jovem amigo Franz era uma criatura encantadora, cantora de ópera e mulher de uma beleza sem par. Não havia tido muita sorte com o marido e, depois da ruína deste, agora viviam separados, ela dando concertos, sempre acompanhada ao violino por seu irmão. E agora a pobre Maria estava cativa de índios rudes, sem saber qual seria o seu fim.

Separei-me do apache e avancei em linha reta com extrema cautela. Mesmo assim, tropecei em uma pedra, e apesar de ter me assustado com o barulho que fiz, isto acabou por dar-me uma idéia. Aquela pedra poderia ser-me útil, e por isso a recolhi e guardei no bolso. Inclinei-me para apalpar o terreno e encontrei cinco ou seis pedras mais, muito semelhantes à primeira.

Quando havia avançado uns cem passos, estendi-me no chão e decidi continuar arrastando-me. A escuridão era quase que completa, e os magalones não haviam acendido nem mesmo uma fogueira. Pelo visto, não estavam muito confiantes e sim extremamente cautelosos. Se por um lado isso tornava difícil espioná-los mais eficazmente, também aumentava minhas chances de passar desapercebido. Aquela falta de luz demonstrava o cumprimento de uma medida de precaução, aumentada pelo silêncio que reinava em torno do acampamento. Nada, nenhum rumor chegava até meus ouvidos, apesar de estar bem próximo a eles.

Avançando lentamente, polegada por polegada, consegui chegar em um local onde escutava algumas vozes. Devo dizer que me guiei mais pelo olfato, pois um profundo odor de tabaco índio, mesclado com cânhamo, indicou-me que, provavelmente, o chefe e seus principais guerreiros estariam ali perto. Ao aproximar-me mais, consegui ver uma pequena fogueira protegida entre pedras.

Aquele fogo havia sido feito numa depressão do terreno, utilizando somente galhos secos, e seu objetivo era somente fazer fogo para os fumantes. Apesar da luz escassa, pude reconhecer Vento Forte e três de seus principais guerreiros. Dirigi-me então para uns arbustos próximos, na tentativa de aproximar-me o mais possível.

E assim o fiz, tão colado no chão que, mesmo que alguém tivesse passado por ali, não teria conseguido me descobrir.

Mas, para minha infelicidade, depois de todo aquele esforço e risco, eles mantiveram-se calados. Eu me desesperei ao vê-los fumar e fumar, sem pronunciar uma só palavra. Não me restava outra escolha senão esperar.

Capítulo II

O nauseabundo odor de cânhamo silvestre que o vento me trazia, entrava em meu nariz, dando-me vontade de espirrar. Quem já passou por isso, sabe o quanto é complicado segurar-se um espirro.

Temi o pior por uns instantes, pois os índios ouviriam meus ruídos, e fiquei certo de que eles dariam a voz de alarme.

Mas, para minha sorte, a vontade de espirrar passou; acho que meu olfato acostumou-se com o odor pouco agradável, e afinal de contas, eu mesmo, muitas vezes, tinha fumado com meus amigos peles-vermelhas.

Já ia me retirar, para evitar o perigo quando, inesperadamente, um dos homens falou, mas só consegui escutar o que lhe responderam:

— Devem ser os vigias.

Aquelas palavras me fizeram pensar em duas coisas: primeiro, que um deles deve ter-me escutado, e outra coisa foi que, ao dizer a seu companheiro que deviam ser os vigias, eles me alertaram de sua presença. Assim, pois, decidi continuar ali, espirrando ou não, já disposto a enfrentar qualquer perigo. Dentro em pouco ouvi passos de cavalo e o choque surdo de pés desmontando.

Dois homens chegaram até o diminuto círculo formado pelo chefe e seus guerreiros, aproximando-se um deles, enquanto o outro ficou para trás.

Vento Forte, para deixar bem claro sua importância e dignidade, guardou silêncio durante alguns instantes, que, a mim, me pareceram intermináveis, ao fim dos quais disse:

— Muito tarde regressam meus jovens irmãos! Muito devem ter avançado em direção ao sul! Até onde chegaram?

— Além do Vale Negro.

— E não tropeçaram com nenhum desses cães nijoras?

— Sim, com um deles entre a Meseta do Barranco e o Vale Negro.

— Para onde se dirigia?
— Para o sul.
— E ele os viu?
— Não, nós o descobrimos antes que pudesse nos ver, e nos ocultamos de seus olhos.

Diante desta resposta, Vento Forte mostrou um evidente enfado.

— Por que não está aqui agora, como prisioneiro?

Os dois índios ficaram confusos.

— Não... Não tínhamos ordens para agir assim, e nos pareceu que o melhor era deixá-lo. Nós também estávamos indo como sentinelas.

— E ele levava as cores da guerra?
— Não.
— Não entendo!... Muito bem, reúnam-se aos outros!

O chefe cortou o assunto brusca e rudemente. Os dois sentinelas magalones retiraram-se, e por um instante parecia que seu chefe e os demais guerreiros iriam trocar impressões sobre os dois. Mas voltaram a seus cachimbos e ao cerrado mutismo. Assim permaneceram durante um quarto de hora.

Por fim, o grande chefe perguntou:

— Que acham os meus irmãos do que disse o sentinela?

Como resposta, os três guerreiros limitaram-se a mover as cabeças de um lado para outro, encolhendo os ombros.

— Gostaríamos de saber a opinião de Vento Forte, primeiro.

— Bem, bem. Meus irmãos acreditam que esse guerreiro que nosso sentinela viu, era algum espião dos nossos inimigos?

— Por que o nosso irmão pensa assim?

— Se fosse um espião dos nijoras, teria estado aqui. E nós não descobrimos nenhuma pegada.

— Nosso irmão pensa direito. E o que diz sobre a carruagem?

— Vento Forte não devia ter ordenado trazê-la. Melhor seria tê-la deixado em nosso acampamento.

— Essa mulher branca não sabe montar a cavalo direito. É frágil como uma flor! E o cara-pálida muito menos então.

— Vento Forte devia tê-los deixado lá também. Estariam mais seguros, vigiados por toda a nossa tribo.

— Eles não poderiam defender-se de um ataque inimigo.

— Vento Forte poderia ter deixado alguns de nossos melhores guerreiros.

— Precisamos de todos os nossos homens — replicou o chefe. — Lembre-se, meu irmão, de quem são nossos inimigos.

— Fala Vento Forte de Winnetou e Mão-de-Ferro?

— Sim...

E fez uma longa pausa antes de tornar a falar:

— Já ouviram dizer que Winnetou e Mão-de-Ferro estão seguindo nosso amigo Jonathan Melton. Todos já ouviram falar do apache e seu amigo. Sabem meus irmãos que não são homens que se rendem e que estão seguindo Melton desde que ele escapou. Por isso confiei-lhe cinqüenta de nossos melhores guerreiros para que os enfrente, e os traga prisioneiros. Mas no caso de Melton falhar, Winnetou e Mão-de-Ferro chegarão até nosso acampamento aqui em Rochas Brancas, e ao nos encontrarem, nos seguirão. Estou certo disso.

— Temos um sério perigo atrás de nós — resmungou um deles.

— Não! — replicou taxativamente o chefe. — Meu irmão faz mal em chamar a isto de perigo, pois quando eles nos alcançarem, já teremos lutado contra os cães nijoras e vencido a batalha. Então poderemos recebê-los como eles merecem! Não poderão escapar! Agora meus guerreiros compreendem o porquê da necessidade de trazer estes prisioneiros. Se os tivéssemos deixado em nosso acampamento, teríamos que ter deixado ali trinta ou cinqüenta guerreiros para defendê-los.

— Vento Forte teme Winnetou e Mão-de-Ferro?

Esta pergunta deve ter irritado ao chefe dos magalones, porque ele bufou duas ou três vezes, antes de replicar azedamente:

— Vento Forte nada teme. Mas por ser astuto guerreiro, sabe do que são capazes o apache Winnetou e seu amigo Mão-de-Ferro. Às vezes parece até que Manitu os ajuda! São astutos e muito perigosos.

Nova pausa e novo prolongado silêncio, interrompido somente pelo ruído dos cachimbos, até que um dos guerreiros disse:

— Vento Forte pode ter razão no que disse de trazer os prisioneiros. Mas não na carruagem.

— Por que não?

— Porque será impossível atravessar assim a montanha. E a mulher branca e o cara-pálida terão que montar a cavalo... Mesmo que não o saibam!

— Amanhã, ao raiar do dia, poderemos nos colocar em marcha. Se não nos podem seguir, irão atrás de nós com alguns de nossos guerreiros.

— Irão muito distantes de nós?

— Não sei ainda.

Vento Forte tornou a calar-se. Seus companheiros o imitaram, e só depois de umas duas ou três baforadas é que o escutei exclamar:

— *Horogh*!

Sabia perfeitamente o que significava aquela exclamação nos lábios de um pele-vermelha. Inclusive já a tinha ouvido de Winnetou diversas vezes, quando ele queria dar por encerrada uma conversa ou alguma coisa.

Quando um pele-vermelha exclama *Horogh*! é como se dissesse, em seu tom mais imperioso: Basta!

E naquela fogueira ninguém disse mais nada.

Os Cativos

Capítulo Primeiro

Sabia que antes de iniciar uma nova conversação, deixariam transcorrer uma longa pausa que bem podia ser de meia hora. Decidi então dar por encerrada minha espionagem, e comecei a afastar-me daquele local.

Dirigi-me para a esquerda, aproximando-me da carruagem, mas tive que deter-me. Outra vez meu olfato me deu o alarme, mas desta vez não era o odor de tabaco, e sim de um grande pedaço de carne que os magalones transportavam. Passaram a menos de dois metros de mim, e eu prendi a respiração, colando-me ainda mais ao solo. Quando aquele odor tão atraente afastou-se, continuei minha tarefa de me aproximar da carruagem. Naquele lugar o arroio não era muito largo. Em sua margem oposta, vi um índio sentado, segurando um rifle nas mãos. Parecia estar sozinho.

Continuei arrastando-me cautelosamente e tão devagar que meus nervos crispavam-se, mas tinha que assegurar-me de que não seria ouvido, e os peles-vermelhas são um dos povos mais sensíveis aos ruídos que conheço.

Um ramo quebrado, um fiapo de grama levado pelo vento, ou a respiração de um homem, naquela ocasião a minha própria, podia chegar aos ouvidos do sentinela.

Cheguei até a carruagem e olhei pela janela, sem conseguir ver nada. Para certificar-me da presença de meus amigos, dei pequenos golpes na parede, sem nenhum resultado. Tentei de novo, mas nada consegui novamente. Por fim, na terceira tentativa, um pé bateu no chão da carruagem. Tinham-me escutado, mas provavelmente Maria e Murphy deviam estar amarrados, pois do contrário não teriam deixado a janela aberta.

Resolvi levantar-me, e sussurrei surdamente:

— Senhor Murphy... Está aí?

Capítulo II

Meio minuto passou-se antes que eu obtivesse a resposta, o que me pareceu uma eternidade. Por aquela janela podiam sair muitas coisas, o punho de um sentinela, uma lança que me atravessasse o peito, o cano de um rifle, que com um disparo podia estourar meus miolos... mas só o que escutei foi a voz do advogado.

— Sim... Sou eu!

— Tem lugar aí dentro?

— Vai entrar? Tenha cuidado!

— Diga-me uma coisa, amigo: quando a porta se abre, ela faz barulho?

— Não... Eles substituíram as dobradiças por cordas já faz tempo...

Antes de entrar, no entanto, julguei conveniente voltar para observar o sentinela, que continuava sentado, alheio ao que se passava a poucos metros dele. Então peguei uma pequena pedra e a lancei de modo que caísse a poucos passos do índio. No mesmo instante, ele levantou-se de um salto, como se acionado por uma mola, e ficou em atitude de alerta, o rifle nas mãos, disposto a disparar. Outra pedra saiu de meu bolso e foi parar mais longe que a primeira, dando a impressão de que alguém corria por ali. O índio no mesmo momento correu para onde havia julgado escutar o ruído, aproveitando eu para correr até a carruagem e entrar ali dentro, sem fazer o menor ruído.

Uma vez dentro, tive que valer-me do tato para saber onde me encontrava. Logo minhas mãos encontraram um lugar vazio, e eu me sentei. E dali, com redobrada surpresa, pude ver que a outra janela também estava aberta. Foi por ela que pude ver o sentinela regressando ao seu posto, um tanto desconcertado e muito receoso. Aproximou-se do veículo e perguntou num péssimo inglês:

— Cara-pálida está aí?

Dei uma cotovelada no vulto que estava ao meu lado, e a voz de Murphy respondeu à pergunta do sentinela:

— Sim, filho, sim. Continuamos aqui. Aonde queria que estivéssemos?

Bem, se aquele homem ainda tinha ânimo para fazer piadas, isto indicava que ele não era nenhum covarde, e tinha sangue frio, o que era muito importante nestas circunstâncias. E com estas duas virtudes pode-se ir longe, contornando perigos até mesmo maiores.

— E a mulher? — tornou a perguntar o sentinela.

Maria respondeu num fio de voz:

— Estou aqui também.

O sentinela, mais tranqüilo, voltou para o seu lugar:

Minutos depois, quebrando um silêncio pesado, voltei a sussurrar:

— Já podemos falar, mas peço que tenham cuidado e não levantem a voz. Não vamos arriscar suas vidas.

— Santo Deus! — foi a primeira coisa que disse Maria. — O senhor já está arriscando a sua!

— O senhor é mesmo corajoso, meu amigo! — elogiou-me o advogado. — Que sangue frio!

— Ora! Não é disso que devemos falar. Como estão amarrados?

— Eles nos colocaram virados um contra o outro, e com os pés e mãos atados. No pescoço temos um laço com um nó corrediço, atado ao banco da carruagem.

— O que quer dizer que, no caso de se levantarem, vocês acabariam se enforcando.
— Exatamente.
— Agora não estranho ter somente uma sentinela aqui, e que as janelas estejam abertas. Eles os prenderam bem.
— A janela não tem mais vidros, meu amigo — indicou-me Murphy. — Esta besta do Vento Forte mandou arrancá-las. Não sei que valor teria para semelhante criatura, tão rude, uns pedaços de vidro.
— Esqueça isso, senhor Murphy. Agora vou dizer-lhes o que precisam fazer, no caso de me descobrirem aqui.
— Deus meu! Que isto não ocorra! — rogou Maria.
Guardaram absoluto silêncio, e eu continuei:
— Escutem bem. Se me descobrirem, a primeira coisa que farei será cortar suas amarras. Não precisarei de mais do que poucos segundos para fazer isso. E enquanto enfrento os índios, vocês irão fugir pela porta esquerda da carruagem, correndo em linha reta, e escondendo-se entre as árvores, que lhes servirão de proteção. Não tardarão a ouvir disparos do outro lado, mas não se assustem, nem pensem que foram cercados. Será meu amigo Winnetou. Quando o encontrarem, podem considerar-se a salvo.
— Com trezentos ou quatrocentos magalones atrás? — duvidou o advogado.
— Winnetou está com meu rifle de repetição. Ele pode atirar vinte vezes, sem recarregar, e isto assusta a qualquer um, senhor Murphy. Ainda mais numa noite tão escura, onde a morte pode vir de qualquer parte. Asseguro-lhe que Winnetou será o suficiente para garantir-lhes a fuga. Além do mais, contamos com o fator surpresa.
— E o senhor? — indagou Maria. — Disse tudo isto porque teme que o encontrem aqui?

— Não seria errado supor que, na troca de sentinelas, o novo guardião venha até aqui para ver se continuam bem amarrados. E, nesse caso, eu serei descoberto.

— E se ninguém se der conta? — perguntou o advogado.

— Amanhã estarão livres, de qualquer modo, mas correndo menos riscos.

— Deus assim o permita! Nós conseguiríamos escapar, mas o senhor...

As palavras de Maria estavam carregadas de receio e, para impedir que este sentimento se transformasse em medo, comuniquei-lhes algo que iria alegrá-los, sem dúvida:

— Jonathan Melton e Judith estão em nosso poder.

— Como? Quando isto aconteceu?

— Eles fizeram uma parada em Águas Profundas, para dar de beber aos cavalos de cinqüenta magalones que os acompanhavam. Então nós os pegamos em nossa armadilha.

— Menos mal! — exclamou Maria, aliviada.

— Recuperou os milhões da herança que entreguei-lhe indevidamente em Nova Orleães? — quis saber Murphy.

— Sim, tenho o dinheiro comigo.

Não podia ver o rosto do advogado, mas pude escutar sua voz carregada de assombro:

— Isso é possível? Como ele andava com uma soma tão elevada de dinheiro?

— Ora, senhor Murphy, o que ele podia fazer com o dinheiro? Enterrá-lo em uma cova? Esqueçam isso, estamos nos afastando do que nos interessa: Melton.

— Alegro-me que já o tenha capturado. Não sabe como nos tratou no acampamento dos magalones. Sua intenção era dar cabo de nossas vidas!

— Eu sei, mas ele não poderá mais cometer seus crimes.

Planos de Batalha

Primeiro Capítulo

O certo era que o interior da carruagem constituía um refúgio mais seguro do que eu teria sequer imaginado. E foi esta relativa tranqüilidade que permitiu-me contar-lhes tudo o que desejavam saber, sem outra precaução senão falar em voz baixa e vigiar pela janela para ver se o sentinela se aproximava.

Maria queria saber de seu irmão Franz, que havia se reunido ao nosso grupo.

— Não se preocupe com seu irmão. Está seguro no acampamento dos índios nijoras. Flecha Rápida é nosso amigo e respeita a Winnetou e a seus amigos.

Disse-lhes também que na fortaleza asteca de Judith tínhamos conseguido capturar Thomas Melton, e acrescentei para o deleite deles:

— Descobrimos que em uma das suas botas levava escondido dez mil libras esterlinas, além de dez mil dólares.

— O que quer dizer — argumentou Murphy — que praticamente conseguiu recuperar toda a herança.

— Não contei com exatidão, mas calculo que sim.

— O pai de Jonathan também está com os nijoras, eu presumo?

— Sim. Trazer um prisioneiro nos teria impedido a liberdade de movimentos que necessitávamos, e então também o deixamos sob a custódia de Flecha Rápida.

Maria parecia estar pensando em tudo o que eu lhe havia dito, e depois de alguns momentos de silêncio, perguntou:

— Por que Judith envolveu-se nisso tudo?

— Por ambição. Faz anos que a conheço. Ela fazia parte de um grupo de imigrantes alemães que foram ao México trabalhar em uma fazenda. Conseguiu casar-se com um chefe dos índios yumas e este homem era extremamente rico. Judith então, deixando-se arrastar por seu afã de luxo, não descansou enquanto não o fez levá-la para São Francisco, onde em uma vida de fausto, dissipação e festas, acabou com a fortuna do marido. Um dia, por causa de rivalidades que Judith fomentava com sua beleza e sedução, seu marido morreu esfaqueado, mas ela continuou sua vida. Herdou esta longínqua fortaleza asteca, onde habitam várias famílias de índios yumas que lhe prestam obediência por ter sido a esposa de seu grande chefe.

— Mas o que isso tudo tem a ver com Melton?

— Ela o conheceu em Nova Orleães, acreditando que ele era realmente Small Hunter.

— E ficaram noivos?

— Sim, e ela ainda mais se esforçou por este compromisso ao saber que ele tinha herdado uma grande fortuna.

— E ela ainda crê que ele é Small Hunter?

— Sim, até que eu, seguindo a pista de Jonathan, contei-lhe toda a verdade.

— E contou-lhe que ele era um impostor, que havia roubado a herança de meu primo?

— Não só isso, mas também que ele era um criminoso perigoso, já que para conseguir seus objetivos, tinha até arranjado o assassinato do autêntico Small Hunter.

— E como ela reagiu?

— Mal! Disse que era tudo mentira e me trancou em sua casa em Nova Orleães. Depois tive que segui-la até a fortaleza asteca, onde ela estava dando refúgio a Jonathan e Thomas Melton... E aos milhões que eles tinham roubado, é claro!

— Pelo visto, esta mulher só se interessa por dinheiro.

— Devia tê-la escutado, quando os capturamos em Águas Profundas, e ela viu que estava tudo perdido. Ela e Jonathan discutiram, e o canalha tentou até matá-la!

— Este sujeito é mesmo um canalha! — disse Murphy.

— E louco também — acrescentei.

— Essa mulher também deve ser punida — disse o advogado.

— Na hora apropriada. Agora, o que nos interessa é outra coisa.

Enquanto falávamos, não deixava de vigiar o sentinela pela janela da carruagem; e de repente, engoli em seco. Havia escutado passos se aproximando. Era o outro índio que ia render o sentinela. E ele aproximava-se de nosso refúgio.

Todos nós ficamos paralisados. Agora poderia acontecer o que tanto temíamos. Bastava que ele subisse na carruagem para examinar os prisioneiros e...

Mas, para nossa sorte, ele subiu somente no estribo da carruagem e apalpou as amarras dos prisioneiros. Ficou satisfeito com o resultado de sua inspeção, e se afastou dali.

Eu estava agachado no fundo da carruagem, ocupando o menor espaço possível, temendo que ao tatear o interior do veículo, o índio acabasse por me descobrir. Tinha um revólver engatilhado, e estava disposto a agir se fosse necessário.

Respiramos os três mais tranqüilos ao ver que o perigo se afastava, e sem poder conter-se, Murphy exclamou:

— Ufa! Achei que meu coração ia estourar!

—Aprenda uma coisa, senhor Murphy: só temos uma vida!

— Não compreendo. O que quer dizer?

— Que quando se está metido no perigo até as orelhas, o melhor para se preservar a vida, é não pensar nele.

— Agradeço-lhe o conselho, mas para mim isso não funciona. O senhor gosta de aventuras, é um homem de ação e sabe como portar-se diante de qualquer situação adversa. Mas... o que posso eu fazer? Não tenho vergonha em confessar que estas coisas não são para mim!

— Mas se a situação assim o exige, temos que tirar forças seja lá de onde for. Mas vamos tratar de falar sobre um modo de sairmos daqui.

— O que lhe parece? Será que as pessoas que nos vigiam são muitas?

— Não acredito. Estão em guerra contra os nijoras e Vento Forte certamente não iria destinar muitos de seus guerreiros para vigiar vocês.

— E quantos acredita que ele destacou para esta missão?

— Não mais que dez cavaleiros.

— E vocês poderão contra todos eles?

— Ao menos tentaremos.

E na escuridão reinante busquei as mãos de Maria, as quais encontrei fortemente atadas. Custava-me muito não pegar minha faca e libertar aquelas mãos de pele cálida e fina. Mas me contive e murmurei:

— Tenho que partir, meus amigos.

— Não, espere! — disse Maria, impulsivamente.

Mas no mesmo instante ela arrependeu-se de suas palavras e acrescentou:

— Perdoe-me... Não se importe com isso, quero mesmo que vá embora. Assim correrá menos perigo. Mas é que...

— O que, Maria?

— Não sei... Sua presença aqui me dá ânimo. Com o senhor sinto-me mais protegida, mais tranqüila, como se não estivesse prisioneira destes selvagens.

— Você será prisioneira por pouco tempo. Entendam que libertá-los agora seria correr muito risco.

Prometi a Winnetou ser prudente e não correr muitos perigos. Mas não se preocupe. Prometo que tudo se acertará.

Guardamos silêncio uns momentos, e depois Maria acrescentou:

— Vá embora, é melhor!

Tirei duas pedras do bolso, atirando uma bem longe. O novo sentinela levantou a cabeça e pôs-se em atitude de alerta ante o leve barulho. Ao ouvir a segunda pedra, decidiu ir procurar a causa daquele inesperado ruído. E aproveitando esta ocasião, me despedi de meus amigos e saí da carruagem.

Novamente tinha que enfrentar o perigo.

Para sair do acampamento inimigo, sabia que um passo em falso poderia ser o último.

Capítulo II

Estendido no chão vi que o novo sentinela procurava a causa daqueles leves ruídos. Mas, ao não encontrar nada, regressou à carruagem, felizmente pelo lado oposto ao qual eu estava. Não obstante, fiquei totalmente imóvel para não atrair sua atenção.

E assim que o sentinela sentou-se novamente, comecei a arrastar-me e, como já conhecia a disposição do acampamento, resultou-me muito mais fácil sair do que entrar nele. Encontrei Winnetou no mesmo lugar em que havíamos nos separado.

* * *

O chefe dos apaches tinha ficado ali, quieto como uma estátua, atento ao sinal de alarme que havíamos combinado. Meu rifle de repetição permanecia atravessado em seus joelhos, disposto a intervir ao menor sinal de perigo; mas minhas precauções me fizeram sair incólume daquela situação.

Nós trocamos um leve sorriso, e ao aproximar-me mais, eu disse mais para saudá-lo do que para medir sua impaciência:

— Esperou muito?

— Não. Meu irmão sabe que Winnetou não tem pressa, e sabe esperar. Mas ao demorar tanto temi que tivessem te surpreendido.

— Eu teria avisado, disparando para o alto.

Winnetou sorriu então, e me repreendeu amistosamente:

— Às vezes, a surpresa é tamanha, que não dá tempo para nada.

— Tem razão, mas é que me agradava estar ali, conversando com Maria.

Creio que intencionalmente ele me perguntou:

— E como está o advogado?

— Está bem. Sim, os dois estão bem e agora cheios de esperança que os libertemos logo.

— Assim será. Meu irmão conseguiu escutar algo interessante?

— Sim, algo muito importante. Mas, vamos pegar os cavalos, e então contarei tudo.

O guerreiro nijora continuava no mesmo lugar, vigiando os cavalos. Quando nos viu chegar sorriu e, sem falar nada, deu-nos algo para comer.

* * *

Enquanto repúnhamos nossas forças, contei a Winnetou tudo o que havia visto e escutado no acampamento dos magalones. Disto tudo, o mais importante para nós era sabermos que eles partiriam ao amanhecer, deixando para trás a carruagem com os prisioneiros e alguns guerreiros encarregados de encontrarem-no mais tarde.

— Cairemos sobre a escolta da carruagem e libertaremos os prisioneiros — disse Winnetou.

— Essa é também a minha intenção, mas temo que não seja o mais acertado. A causa que obriga os magalones a deixar a carruagem para trás é o temor de que o caminho seja demasiado estreito para passar o veículo. Mas mudarão de plano se o chefe achar outro caminho.

* * *

O apache guardou silêncio durante um tempo, até que finalmente falou:

— Sei que a carruagem pode passar. Conheço todos estes caminhos.

— Então, devemos atacar, mas como acha que devemos agir?

— Meu irmão conhece o terreno, ele pode dizer isto melhor do que eu.

— Se pudermos evitar, não queria matar nem ferir nenhum dos magalones, para evitarmos futuras represálias.

Ao escutar isso, Winnetou deu um meio sorriso. Conhecia-me muito bem e sabia que tinha repulsa por matar alguém, fossem índios inimigos ou não. Eu sempre considerei que a vida tem um grande valor, por virmos todos do Criador.

Através dos anos, o chefe dos apaches havia lutado inúmeras vezes lado a lado comigo e, em diversas ocasiões, este respeito que se deve ter pela vida alheia nos havia acarretado mais de um sério desgosto. Winnetou era muito mais primitivo que eu e, lógico, devido à sua raça, suas crenças se distanciavam em muitos pontos das minhas. Mas presumo que, com minhas conversas e conselhos, eu havia modificado um pouco sua visão a respeito disso. E Winnetou, com sua natural nobreza, aceitara meus conselhos e critérios em mais de uma ocasião.

Não obstante, com um olhar divertido, objetou ao escutar-me:

— Para isso teremos que agir de surpresa. E a ação tem de ser rápida.

— Eu sei.

— E acredita o meu irmão ser isto possível? Há muita possibilidade de sermos vistos.

— Para evitar isso, daremos uma pequena volta, tomando a direção sul. O chefe Vento Forte, à frente de seus trezentos ou quatrocentos guerreiros, fará o mesmo caminho, e se meia hora mais tarde, nós chegarmos, a escolta da carruagem não nos identificará imediatamente como inimigos, pois pensarão que seu chefe e os guerreiros nos viram antes. Sim, já sei que ao verem nossos rostos seremos reconhecidos, mas então será o momento em que aproveitaremos a estupefação deles e os atacaremos.

— Winnetou está de acordo.

— Do Manancial Sombrio até o Planalto do Barranco, onde esperam que irá ocorrer a batalha, são umas três horas de marcha. Eu não gostaria de levar até lá os cinqüenta guerreiros que fizemos prisioneiros, junto com Jonathan e Judith.

— Continue.

— Iriam nos atrapalhar e poderia até ser perigoso. Melhor será deixá-los no Manancial Sombrio. Como estamos separados deles por somente três horas de marcha, não temos o que temer. Podemos deixar quarenta nijoras vigiando, sob as ordens de Emery. E asseguro-lhe que com este inglês à frente desta operação, podemos ficar tranqüilos.

— Nossa missão é seguir os magalones e fechar-lhes o caminho para que não possam escapar dos nijoras que ali os aguardam. Nosso desejo seria que os magalones entregassem as armas antes de combater, o que seria a única possibilidade de evitarmos um derramamento de sangue, mas...

— Você acha que o chefe dos nijoras irá concordar com o nosso plano?

— Deverá fazê-lo, se não for um insensato. E mesmo tendo visto Flecha Rápida somente uma vez, bastou para saber que ele é um homem prudente.

— De todo jeito, gostaria de ter esta segurança. Você é amigo há anos dos nijoras, e eles escutariam a você mais do que a mim.

— O que meu irmão quer que eu faça?

— Reúna-se ao chefe dos nijoras. Pode levar com você este jovem guerreiro que nos acompanha.

— Não me assusta a luta, mas nunca deixarei de fazer o que puder para impedir que os homens, vermelhos ou brancos, se matem entre si. Mas, se os magalones negarem-se a aceitar uma solução pacífica, não poderei impedir que seus guerreiros sofram uma derrota vergonhosa, ou mesmo que morram.

— Se for assim, nós teremos feito a nossa parte da melhor maneira possível.

O apache montou em seu cavalo e indicou ao jovem nijora que o seguisse. E ambos se despediram, saindo no galope.

A Indignação de Afonso Murphy

Capítulo Primeiro

Estava cansado e estiquei-me no chão para dormir ao menos um par de horas. E ao deitar, meus olhos contemplaram a maravilha da abóbada celeste.

As nuvens haviam sido varridas pelo vento e as estrelas, tão distantes, alheias a todos os problemas dos homens, brilhavam com toda a sua intensidade. Eram maravilhosas e pareciam piscar-me maliciosamente, como se desejassem transmitir a mensagem de sua eternidade.

Quantos milhões de anos já estavam ali, no espaço infinito e enfeitando o firmamento com suas luzes inextinguíveis?

Toda a Criação mostrava-se bela e majestosa, com pujança e força, em renovação constante, sem modificar-se por conta dos tristes acontecimentos que os homens levam a cabo, arrastados pela ambição, ódio e toda a sorte de paixões.

Sob aquelas estrelas estavam todos os homens, brancos, amarelos, pretos, vermelhos. E estes encurralados pouco a pouco em suas pradarias. Quem sabe devido a isto, esta raça, soberba e magnífica, se tivesse refugiado em seu primitivismo como um último baluarte, para não sofrerem o contágio daqueles que se achavam superiores. E em seus receios, até lutavam entre si, mas na maioria das vezes, eram os brancos, os homens "civilizados", quem os arrastavam à luta.

Jonathan Melton, um canalha criminoso, um vulgar mas esperto impostor, soubera tecer sua teia de intrigas de tal modo que havia conseguido colocar em pé de guerra duas tribos. E tudo para que, no meio daquela luta, daquele ódio, os magalones terminassem comigo, com Winnetou, Emery, Will Dunker e os irmãos Maria e Franz Vogel. Assim, estariam eliminados todos os que o perseguiam para que seus roubos e crimes não ficassem impunes. Durante meses e meses nós tínhamos seguido a pista deste criminoso, e finalmente o tínhamos acossado naquela região longínqua, para que não pudesse desfrutar de uma herança que não lhe pertencia. Nós também éramos as únicas testemunhas de seus crimes, os únicos que podíamos provar que ele era um impostor. Por isso, ele ansiava em nos exterminar. Mas, finalmente, Jonathan chegara ao final de sua carreira de crimes. Era nosso prisioneiro, junto com Judith. Seu pai, Thomas Melton, também. Havíamos recobrado o dinheiro, mas não pudéramos evitar que ele conseguisse desencadear uma guerra entre os magalones e os nijoras. E eu pensava se tanta mentira e iniqüidade incomodava às estrelas.

Certamente não, pois eram os próprios homens que tinham a obrigação de resolver seus problemas, causados por eles próprios. Deixar que o tempo e a casualidade os resolvessem, seria como renegar nossa condição de seres racionais. Por isso sentia-me satisfeito com a amizade de Winnetou, um homem que não media trabalho e esforço para solucionar um problema, consertar uma situação.

Mas eu, no momento, não podia fazer outra coisa senão esperar. Quantos perigos e aventuras tinham acontecido em tão pouco tempo. E pensando em tudo isso caí em uma espécie de sonolência até que terminei por dormir profundamente. Esqueci de cobrir-me com a manta, e o frio da noite acabou por me despertar. Olhei novamente para o céu e o brilho das estrelas me anunciou faltar uma hora para o amanhecer.

Ouvi então o trotar de cavalos vindos da direção norte. Levantei-me desentorpecendo meus membros, e sigilosamente avancei na direção daquele ruído.

Consegui distinguir um grupo de cavaleiros, dois deles à frente: um branco e um índio. Reconheci-os imediatamente:

— Como vai, Emery!
— Tudo bem, amigo! — respondeu-me o inglês.
— E Jonathan?
— Está vindo logo ali, junto com sua bela Judith. Dunker, para divertir-se, está junto com eles, escutando a troca de insultos entre o feliz casal!

Quando a tropa deteve-se, cumprimentei Emery e Will Dunker. Então, dirigi-me até Melton e o restante dos prisioneiros.

Encontrei-os estendidos na relva, amarrados de dois em dois, para termos certeza de que não iriam fugir. Também estava ali o irmão de Flecha Rápida. Então, coloquei-os a par do que Winnetou e eu havíamos decidido. Perguntei então a Olho Perspicaz:

— Conhece meu irmão um posto de observação próximo do Manancial Sombrio, onde possamos espionar os magalones sem sermos descobertos?

O guerreiro nijora disse:

— Conheço um lugar que pode nos servir. Meu irmão quer que eu conduza até lá?

— Antes quero dizer-lhe que cinqüenta de seus guerreiros nos acompanharão, para prenderem os magalones que ficaram para trás, escoltando a carruagem. Os outros cinqüenta ficarão aqui vigiando os prisioneiros.

— Posso ir com você, Mão-de-Ferro? — perguntou Dunker.

— Prefiro que continue cuidando da vigilância de Melton e Judith.
— Está bem! Está bem! Mas já estou ficando cansado deste par. Não param de trocar insultos. Você vai empreender outra expedição?
— Sim. Desejo que Olho Perspicaz comande seus homens.

O índio assim o fez, selecionando ele mesmo cinqüenta de seus melhores guerreiros.

Capítulo II

Olho Perspicaz e eu nos pusemos à frente da comitiva; atrás de nós ia o chefe dos nijoras. Iniciamos a jornada até o oeste, traçando uma curva pelo lado do Manancial Sombrio, até que nos detivemos ante uma elevação coberta de arbustos e mato.
— Chegamos — anunciou Olho Perspicaz. — Este é o lugar indicado.
— Sabe meu irmão a distância que há daqui até o manancial?
— Não muita. Pode-se ver o Manancial Sombrio ao subirmos.

Seguimos a pé subindo a colina, enquanto as estrelas foram desaparecendo, anunciando a chegada de um novo dia.

Os cinqüenta nijoras ficaram ali, enquanto Olho Perspicaz, que me servia de guia, e eu, subíamos até o alto. Daquela altura dava para ver todo o acampamento dos magalones, vendo também, apesar da distância, o lugar onde estava a carruagem com Maria e Murphy.

Os magalones estavam naquele momento ultimando os preparativos para a sua partida. Alguns deles comiam, enquanto outros arrumavam seus cavalos. Não havia uma só pessoa parada no acampamento, até que, de repente, soaram três gritos.

Era o sinal da partida. Com disciplina, cada um montou em seu cavalo, formando uma enorme fila indiana. Havia uns trezentos. No acampamento ficaram uns dez guerreiros, número que não coincidia com o de cavalos, que eram catorze. Mas quatro cavalos certamente seriam usados para puxar a carruagem.

Quando aquela longa e serpenteante coluna desapareceu, nós nos pusemos também em marcha. Calculei que, para vencer dez magalones, não iríamos precisar mais que outro tanto de nijoras; não obstante, pedi a Olho Perspicaz trinta de seus homens, como medida de precaução.

Sempre protegidos pela espessa vegetação, regressamos ao pé da colina até chegar quase nas imediações do manancial. Ali avancei rastejando, para reconhecer o terreno e estive a ponto de topar com os dez magalones que ficaram, e que naquele momento estavam conversando sobre sua missão e os dois prisioneiros.

Retrocedi depois da exploração do terreno, para reunir-me com Olho Perspicaz e os guerreiros nijoras, que pareciam impacientes para entrar em combate. Revisavam suas armas, examinando facas e brandindo as machadinhas, exercitando-se antes de lançarem-se à batalha.

Eu sabia o que aquilo podia significar. Em muitas ocasiões havia tomado parte em lutas entre tribos rivais, e sua crueldade me havia horrorizado. E aqueles nijoras dispunham-se a acabar com seus inimigos, os quais sabiam ser em menor número. Trinta contra dez era uma vantagem notável, além disso, contavam com o fator surpresa. E eu também sabia de uma coisa: uma matança sangrenta, uma derrota esmagadora, significaria o ódio eterno entre magalones e nijoras, e que, se isto ocorresse, a partir daquele dia estas tribos ficariam em pé de guerra, atacando-se pelo mais ínfimo motivo. A não ser que, de uma forma total e absoluta, incluindo aí velhos, mulheres e crianças, uma das tribos fosse apagada da face da terra.

Eu não podia permitir tal coisa, sobretudo tendo em conta que ambos os povos estavam metidos naquela batalha por conta de interesses alheios a eles. Jonathan Melton havia desencadeado a tormenta, e eu devia evitar agora que ela se transformasse num furacão, arrasando tudo e todos.

Por isso eu os reuni, e em nome da autoridade concedida a mim pelo chefe Flecha Rápida, disse:

— Escutem bem, meus irmãos, as palavras que vou lhes dizer.

Todos os murmúrios cessaram e um silêncio absoluto reinou entre os guerreiros, que me dedicaram a sua completa atenção:

— Os valentes nijoras não necessitam despejar toda sua fúria e força para capturar somente dez guerreiros magalones. Se escolhi trinta de vocês, não o fiz para que caíssem sobre eles, esmagando-os. Abusar dessa superioridade e força seria covardia.

Antes de continuar falando observei aqueles rostos acobreados e curtidos pelas intempéries. Sabia como tinha que falar-lhes para conseguir meu propósito, e só então acrescentei:

— E Mão-de-Ferro não anda com um punhado de covardes!

O silêncio fez-se ainda mais denso, pesado, quase tangível. Mas os olhares resultaram eloqüentes e refletiram perplexidade e assombro, inclusive algum desgosto. Mas eu continuei minha pregação:

— Não quero que se derrame nem uma só gota de sangue, a não ser o absolutamente necessário! Cada um de vocês responderá por seus próprios atos, pois não se trata de uma vingança sangrenta e nem precisam, por hora, de revidar alguma grande ofensa. Só precisamos colocar os prisioneiros em liberdade.

Olho Perspicaz respondeu então, um tanto perplexo:
— Nosso irmão Mão-de-Ferro não quer que as armas nijoras sejam disparadas contra os cães magalones?
— O que não quer seu irmão Mão-de-Ferro é que a derrota possa voltar-se contra seus amigos, os valentes nijoras.
— Olho Perspicaz não compreende o que quer dizer Mão-de-Ferro — disse, algo confuso. — Como poderiam dez cães magalones derrotar a meus trinta bravos guerreiros?
— Esqueceu-se que Vento Forte partiu com trezentos de seus melhores guerreiros? Você mesmo os viu, Flecha Rápida. Assim, pois, deve compreender que um disparo, um só disparo e esses trezentos magalones regressariam a galopar em seus cavalos, para saber o que está se passando em seu acampamento, e então...
Flecha Rápida então falou:
— Mão-de-Ferro é um sábio guerreiro, mas as facas e as machadinhas não fazem ruído que se possa ouvir de longe. E os nijoras sabem manejar suas armas em silêncio.
— Não duvido! Mas... que necessidade há de matá-los, se ao verem-se cercados os magalones se renderem? Acaso são os nijoras como os ferozes pumas, que necessitam de sangue para animarem a luta? E não pensam nos prisioneiros que devemos libertar? No meio de uma luta de extermínio, algum dos magalones mataria o cara-pálida e a mulher. E eu asseguro-lhes outra coisa: um homem encurralado, seja qual for a sua raça, quando vê seus companheiros caindo, assassinados, defende-se de unhas e dentes! Então luta como uma fera e... Eles disparariam suas armas, pedindo ajuda ao seus!
Meu raciocínio era lógico, e aqueles homens não eram assassinos. Seu chefe falou por todos:
— Mão-de-Ferro nos guia! Vamos obedecê-lo!

Capítulo III

Suspirei fundo ao ganhar aquela batalha pelo dialógo.
Não é fácil convencer a guerreiros índios que não devem utilizar suas armas quando se pode evitar um combate. Para eles, a luta é a mais alta função que um homem pode desempenhar, demonstrando nos encontros seu valor, seu arrojo, sua maestria no ataque, e também, porque não dizer, sua ferocidade.
Um pele-vermelha, seja de uma tribo ou de outra, está habituado a lutar desde criança. Suas condições de vida primitiva exigem sempre dele o maior esforço, tanto de seus músculos, que se endurecem com o exercício, como de seu ânimo para sair vitorioso sobre as muitas dificuldades seja do terreno, da natureza ou de seus costumes rudes.
Seus jogos, desde que começam a andar sozinhos, são destinados a tornar seus corpos elásticos, ágeis, fortes e resistentes ao cansaço. Eu recordo muito bem que presenciar uma briga entre dois meninos índios é arrepiante: lançam-se um sobre o outro como se fossem pequenos pumas, atentos ao menor ponto fraco do rival. Aparentemente, aquela não é uma simples briga, mas é como se fosse um combate de vida e morte, onde colocam toda sua força e ímpeto.
A primeira vez que presenciei uma destas brigas, lembro-me ter ficado escandalizado e até quis intervir, desejando restabelecer a paz, ou ao menos, uma trégua, naquela disputa infantil. Mas o pai de um dos meninos, com sua lógica esmagadora, interpôs-se entre mim e os jovens brigões, perguntando:

— Quer o cara-pálida que meu filho viva envergonhado por não ter conseguido impor sua razão?
— Sua razão? — afastei-me, sem deixar de observar a briga. — A razão não se impõe à força, com os punhos, dentes e arranhões!

— Como a sua raça a impõe, então?

Confesso que a pergunta daquele índio desconcertou-me. Mas reencontrei ânimo para aduzir:

— Com a força, mas com a força da razão.

— Uf! Nós não entendemos o que quer dizer. Meu filhinho foi insultado por aquele outro ali, e deve mostrar-lhe que não consente que faça tal coisa. Deixe que lutem! Assim aprenderão.

— Aprenderão o que? A odiar-se?

— Não se odiarão. O vencido aprenderá a respeitar o vencedor, jamais voltando a ofendê-lo. E quando crescerem, asseguro que votará no vencedor para chefe da tribo.

Devo admitir que os anos passados nas pradarias do Oeste americano me ensinaram muitas coisas. E uma destas lições aprendi ali, naquele mesmo dia quando, horas mais tarde, vi os dois meninos que antes haviam estado brigando, envolvidos novamente em suas brincadeiras, sem haver ali o menor sinal de ódio ou rancor.

Não obstante, minha condição de "homem civilizado" sempre tende a evitar todo encontro violento, quando isso é possível. Em meu trato constante com os filhos das pradarias selvagens, aprendi a ceder em muitos de seus costumes, aceitando-os, e também me esforçando o mais possível para que eles aceitem o melhor de nossos costumes.

Por isso senti-me satisfeito quando, deixando de pensar em tudo isto, comprovei que os nijoras haviam decidido aceitar o plano que preparara para imobilizar os magalones que estavam escoltando a carruagem.

Além disso, para aqueles homens simples, Mão-de-Ferro tinha tanta autoridade quanto um de seus melhores e mais considerados chefes.

Expliquei meu plano rapidamente, exortando aqueles homens a agirem com eficiência, mas sem derramamento de sangue:

— Recordem-se do que eu disse! Um só disparo pode significar a nossa morte!

Sorrateiramente foram se preparando e, quando por fim caímos sobre os dez desprevenidos magalones, estes ficaram imóveis, apavorados. Em um instante viram-se rodeados por trinta rifles que os miravam, e cujo cerco foi-se estreitando, não se atrevendo nenhum deles a tentar fugir ou opor resistência.

— Joguem as armas no chão! E agora mesmo, ou mando disparar! — ordenei.

Eles obedeceram como se fossem um só homem, e rifles, armas e as pesadas machadinhas caíram sobre a grama.

Ninguém assim ordenou, mas os dez magalones levantaram os braços, dando a impressão que pretendiam tocar o céu límpido daquela manhã. E aconteceu algo que os fez obedecer com ainda mais resignação e perplexidade do que seria o habitual, porque compreenderam que fazendo assim teriam suas vidas respeitadas.

Aquele pequeno incidente ocorreu da seguinte maneira:

Um dos nijoras de Olho Perspicaz aproximou-se de um dos magalones e o golpeou brutalmente na cabeça com a machadinha. O magalone caiu desmaiado. Eu então enfrentei o guerreiro nijora, dando-lhe um violento soco, que o derrubou.

O pele-vermelha fez um movimento de defesa, puxando a faca, mas eu coloquei o pé em seu peito, e falei tão alto e rispidamente, que todos ouviram:

— Isto só fazem os covardes!

Para minha sorte, a aprovação dos outros nijoras à minha ação foi geral, e o próprio Olho Perspicaz aproximou-se de seu guerreiro caído e, plantando-se ante ele, cuspiu raivosamente no índio. Era sua sentença!

Mas eu não queria suspender de todo a ação contra os surpresos magalones, e disse a Flecha Rápida:

— Ordene para que sejam desarmados estes magalones!
— Mão-de-Ferro já ordenou que eles jogassem as armas ao chão. E eles fizeram isso.
— Sim, mas devemos revistá-los para saber se estão levando alguma arma escondida. E então, temos que amarrá-los bem.
— Vamos amordaçá-los também?
— Não será preciso.
Enquanto faziam isto, eu corri até a carruagem.
— Bom-dia, Maria. Como está o senhor, senhor Murphy?
A mulher lançou um grito de alegria, enquanto Murphy dizia:
— O amigo disse bom-dia? Excelente dia! A melhor manhã que já vi na minha vida!
Rapidamente cortei as amarras que os prendiam, e coloquei Maria em meus braços para ajudá-la a sair da carruagem que lhes havia servido de cárcere durante horas e horas. Maria não estava desmaiada, mas deixou-se levar como se fosse uma menina.
Depositei-a no chão perto da margem do arroio, mas segurando-a ainda em meus braços, já que suas pernas estavam dormentes por conta de tanto tempo sentada. Ela então levou uma mão à frente do rosto, cobrindo os olhos, enquanto repreendia a si própria:
— Oh! Isto é ridículo! Levo dias sonhando em andar e agora...
— Não se preocupe. Logo estará recuperada.
Estava tão entretido com ela que Murphy teve que gritar, ainda sentado dentro da carruagem:
— E eu, meu amigo? Até quando devo esperar?
— Eh? Ah, sim! Um pouco de paciência, senhor advogado! Agora mesmo estarei com o senhor.
Maria sentou-se na grama e eu regressei à carrua-

gem, para terminar de libertar o advogado. Ele sorria enquanto eu cortava as cordas, e jovialmente manifestou-se:

— Não poderá evitar, Mão-de-Ferro! Assim que terminar de me soltar, vou dar-lhe um abraço!

E assim o fez, apertando-me contra seu peito, agradecido. E então, disse-me emocionado:

— Já leu Sêneca, o filósofo, meu amigo?

— Sim, quando era estudante. O que tem ele?

— Pois veio-me à cabeça um pensamento de Sêneca que sempre gostei, e que diz assim: "Ingrato é quem nega o benefício recebido; ingrato quem o dissimula; mais ingrato quem não o devolve, e mais ingrato ainda aquele que se esquece dele". Eu nunca, nunca, esquecerei isto, meu amigo!

— Eu não o salvei sozinho. Tive a ajuda destes homens.

— Certo, mas o senhor os trouxe aqui. E isso é o que vale!

Olhou então para a carruagem, e em uma voz que mesclava raiva e alívio disse:

— Graças a Deus! Acabou nosso tormento dentro dessa maldita carruagem!

Maria nos sorria, sentada ainda na grama. Nós nos aproximamos, ajudando-a a levantar-se. Ao fazê-lo, Maria dirigiu-me um sorriso, que ao que parece incomodou profundamente a Murphy. Então, mudando o tom até então amável de sua voz, disse quase entre-dentes:

— Bom, senhora Werner, já tem aqui o seu "herói"! Não suspirava noite e dia por ele?

— Por favor, senhor Murphy — pediu ela.

Era evidente que durante o prolongado cativeiro Maria devia ter falado sobre mim com o advogado, e que este não devia ter gostado disto nem um pouco. Tive impressão de que havia pronunciado a palavra "herói" com certo tom de deboche ou desprezo. Parecia ter esquecido completamente o que Sêneca havia dito sobre os ingratos. Mas resolvi não fazer caso desta brusca mudança de atitude, e preocupar-me com o que devíamos fazer. Olho Perspicaz aproximou-se de nosso grupo, informando-me que os prisioneiros estavam bem amarrados e vigiados.

— Meu irmão Mão-de-Ferro quer que continuemos aqui?

— Sim, aqui temos água fresca e grama. Os cavalos podem pastar e os homens não reclamarão de um descanso.

Então Murphy perguntou, sarcasticamente:

— O senhor é o general desta tropa?

Olho Perspicaz parou, confuso. Eu sabia que, no que diz respeito ao comando, os peles-vermelhas são muito orgulhoso e os chefes ou caciques, não gostam que ninguém bote em dúvida sua autoridade. Por isso respondi imediatamente, para evitar problemas:

— Não, senhor Murphy: o general desta tropa, como o senhor disse, é meu amigo Olho Perspicaz, irmão do grande chefe dos nijoras, Flecha Rápida.

— Ah! É que... como vejo que lhe pede ordem a respeito de tudo o que se há para fazer...

— Olho Perspicaz não pede ordens a seu irmão Mão-de-Ferro! — respondeu o chefe nijora. — Mas Mão-de-Ferro é irmão de Olho Perspicaz, e portanto eu escuto seus conselhos.

E dignamente o índio afastou-se. Eu, para evitar prolongar aquela situação tão embaraçosa, despedi-me de Maria e Murphy, dando a desculpa de precisar dar uma olhada nos prisioneiros.

— Com sua permissão, meus amigos. Agora ordenarei que lhes tragam comida e todos os seus pertences. Suponho que desejam lavar-se e ficar mais à vontade.

— Sim, eu agradecerei muito — disse a mulher.

Não obstante, o advogado voltou a carga:

— Vê como o senhor é quem manda aqui? Acaba de dizer que irá "ordenar" que nos tragam comida e nossos pertences.

Olhei para Murphy algo confuso, sem compreender o súbito rancor do advogado contra mim. Mas como não gostava de nada mal explicado ou mal-resolvido, disse-lhe bruscamente:

— Senhor Murphy, não vamos discutir agora se mando ou não aqui. Mas se o senhor quiser falar comigo sobre algo em especial, com muito prazer eu o farei. Dentro de alguns minutos voltarei, e então poderemos conversar. De acordo?

— Sim, sim... Tudo bem.

E afastei-me deles, procurando por em ordem aquele improvisado acampamento.

* * *

Eu e Olho Perspicaz montamos os turnos de guarda. A bagagem de Maria e Murphy lhes foram entregues, e aborrecido com a inexplicável atitude do advogado para comigo, entretive-me com o maior número de coisas possíveis antes de voltar a estar com eles. No fundo, achava que algo iria acontecer entre aquele homem e eu. Mas, por que? Por causa de Maria Vogel? Por Deus, será que a amizade que Maria tinha por mim aborrecia ao advogado? Ele teria se apaixonado por ela? Mas isto não podia ser! Ela era a senhora Werner, e ainda que já não vivesse há muito com o marido, ela ainda era casada com aquele homem brutal e vulgar, bêbado e jogador compulsivo, que havia dilapidado uma grande fortuna.

Capítulo IV

Parei de pensar no desagradável marido de Maria, entretido em colocar em ordem o revolto acampamento, sempre seguido do fiel Olho Perspicaz, o qual tentava fazer-me uma pergunta, mas custava-lhe começar.

Sem dúvida alguma, sentia-se ofendido, porque aquele homem branco que havia libertado com a ajuda de seus guerreiros, estava pondo em dúvida sua autoridade sobre seus homens, a quem dava ordens que eram sempre cumpridas.

Já disse que, no que diz respeito a estas questões, os chefes índios mostram-se bastante minuciosos. Que alguém discuta sua autoridade é algo que os ofende profundamente, tendo em conta que na maioria das tribos o comando não é obtido facilmente.

Entre nós, nos nossos exércitos, um general pode ser nomeado chefe de sua tropa quando sai da Academia militar, coisa que, dificilmente, acontece com os índios.

Um chefe de tribo, um cacique, vai adquirindo sua autoridade sobre seus irmãos de raça, demonstrando seu valor. Quem, entre eles, almejar a ser um chefe, mesmo que o cargo venha por herança paterna, tem que demonstrar àqueles que pretende comandar, que nunca os decepcionará, e que em qualquer circunstância, por mais crítica que seja, ele saberá sair do atoleiro e decidir o melhor para todos.

As vistosas plumas que os chefes trazem luzindo em suas cabeças, não são simples indicações de autoridade, colocadas ali ao capricho do chefe. Mesmo seus nomes dizem respeito às suas façanhas.

Urso Cinza, Alce Branco, Abutre Negro, Flecha Rápida e Olho Perspicaz eram conhecidos por estes nomes, em virtude de "algo" que haviam realizado ante os olhos de seus irmãos de raça.

Se um chefe índio chama-se Mata-ursos, não há dúvida que ele os matou. Se ele se chama Falcão Veloz, é porque sempre demonstrou ser parecido com este pássaro, e suas ações belicosas distinguem-se pela velocidade característica destas aves.

Com estes exemplos, creio que me fiz entender.

E se Olho Perspicaz era assim chamado, era porque sua aguda perspicácia jamais havia sido posta em dúvida, e podia, em virtude desta faculdade, dar-se conta das intenções dos outros homens, muito antes que seus irmãos de raça.

Em nosso ir e vir pelo acampamento, eu o adivinhava ansioso por falar sobre a ofensa que Murphy havia tentado lançar sobre ele. Confesso que evitava a conversa, porque a mim também me escapavam as intenções do advogado ao tratar o chefe dos índios assim, querendo aborrecê-lo ao dizer que eu assumia toda a autoridade sobre seus guerreiros.

Mas como também aprendi, no trato com os índios, quando eles metem uma coisa na cabeça, não descansam enquanto não a fazem. O jeito foi enfrentar o problema, e parando diante do índio, disse:

— O que meu irmão Olho Perspicaz quer me dizer?

Ele olhou-me muito sério, contraindo o rosto em desaprovação:

— Meu irmão Mão-de-Ferro devia saber.

— É algo a respeito desse homem?

— Sim.

— Pois então fale. Não temos tempo a perder!

Olho Perspicaz pareceu pensar um pouco e então indicou o local onde havíamos deixado Maria e o advogado:

— Por que seu irmão de raça está aborrecido com Mão-de-Ferro, se o livramos da morte?

— Não sei — respondi.

Honrando seu nome, o cacique índio replicou por sua vez, cheio de firmeza:

— Olho Perspicaz, sim.

Olhei-o então divertido, exclamando:

— Ah, sim? Pois, então, por que está me perguntando?

— Queria saber se meu irmão Mão-de-Ferro é tão perspicaz como eu.

— Temo que não, meu amigo. Esse homem, primeiro até cita um filósofo, para me agradecer que o tenhamos libertado do cativeiro. Mas logo, você viu que ele mudou o tom de voz, e...
— É por causa da mulher — interrompeu-me Olho Perspicaz.
Fingi fazer-me de tonto e repeti, como se fosse um eco:
— Pela mulher, disse?
— Sim! A mulher branca parece estar muito interessada em meu irmão Mão-de-Ferro, e isto aborrece ao outro homem branco. Olho Perspicaz leu em seus olhos!
— Não sei, amigo... Mas se for assim... Sabe algo mais que eu!
O índio não captou ou não quis captar a minha ironia, e voltando ao que mais o preocupava, indicou-me:
— Tem que dizer a seu irmão de raça que Olho Perspicaz é quem manda aqui.
— Você ouviu eu dizendo isto.
— Repita! Olho Perspicaz não quer que ninguém duvide de sua autoridade. Meu corpo, como vê, exibe cicatrizes ganhas em combates frente aos meus guerreiros. Olho Perspicaz é prudente e aceita os conselhos de irmãos como Mão-de-Ferro, que também é outro grande guerreiro, e já o demonstrou várias vezes junto ao grande Winnetou, o chefe de todos os apaches. Mas aqui...
— Eu sei, amigo, eu sei! Aqui quem manda é você! — atalhei, antes que ele o repetisse outra vez.
Olho Perspicaz levantou a mão direita ao pronunciar:
— *Horogh*!
Aquela exclamação era o mesmo que dizer-me que havia terminado de falar. E que não mais voltaria ao assunto.
Em todo caso, eu teria que discutir isto com Murphy.
Por isso, decidi aproximar-me do casal e procurar esclarecer e dissipar o mal-estar que havia se instalado entre o advogado e eu.

* * *

Quando regressei para perto de Maria e Murphy, ambos já haviam se arrumado, e tinham melhor aspecto. Eles agora comiam pão de milho e carne assada, com um apetite voraz. Sentiam-se já, completamente livres. Não obstante, ao aproximar-me deles, notei que haviam discutido. Murphy estava com o cenho franzido e um véu de tristeza cobria os olhos da bela Maria. Era hora de esclarecer o que estava acontecendo ali.

— E então, Murphy! O que quer me dizer?

Não me olhou, empenhado em perseguir um inseto que fugia apavorado por entre a grama. Nem sequer levantou a cabeça ao responder:

— Não tenho nada para falar com o senhor.

— Creio que sim.

Murphy levantou os olhos para mim, e com a cabeça apontou em direção a Maria:

— Pelo menos, não tenho nada a dizer diante de uma dama.

— Prefere dar uma volta a sós comigo?

Murphy levantou-se, e Maria tratou de dizer, aborrecida:

— Creio que não cometerão a ofensa de tratar de assuntos que me dizem respeito, sem a minha presença.

— Claro que não, Maria... Asseguro-lhe que da minha parte... — balbuciei.

— Pela minha, sim! — explodiu o advogado.

— Falemos sem rodeios, senhor Murphy. O que está se passando com o senhor?

— Está bem, já que está tão interessado, vou lhe dizer.

— Não desejo outra coisa, asseguro-lhe.

— Pois vou começar dizendo que os heróis me cansam. Já estou farto de ouvir falar do grande Mão-de-Ferro como se ele fosse um deus!

— Não tenho culpa se os índios me chamam assim.

— Ao menos o consente!

— De qualquer jeito, não creio que isso seja da sua conta, e muito menos que isso possa aborrecê-lo.

Fiz uma pausa, para perguntar logo em seguida:

— O senhor tem algo pessoal contra mim?

Olhando-me diretamente, ele apontou então a mulher, e disse:

— Se está se referindo à senhora Werner, está enganado. Sou um cavalheiro e sei como devo portar-me com uma senhora.

— Eu também sou um cavalheiro.

— Os cavalheiros aceitam suas responsabilidades.

— E qual responsabilidade que o senhor acredita que eu não tenha aceito? Fale claramente, senhor Murphy!

— Comecemos com isto. Espero que tenha tudo em ordem e que não tenha descuidado do conteúdo da carteira que conseguiu pegar de Melton.

— Naturalmente que não me descuidei. Mas estou surpreso com o que está dizendo!

— Pois não se surpreenda tanto, senhor "Mão-de-Ferro"! Não esqueça que sou eu quem administra a herança do velho Hunter, e que sou eu, somente eu, quem deve decidir o que irá se fazer com o dinheiro, e a quem ele deverá ser entregue.

Agora entendia o que aquele homem pretendia!

Sua atitude me causava repulsa, e sobretudo sua forma de falar, mas como estávamos diante de uma mulher, me contive:

— O caso está claro, senhor advogado. A fortuna do velho Hunter pertencia a seu filho, Small Hunter. Mas como este foi assassinado em Túnis, a partir deste momento esses milhões passaram a pertencer à senhora Werner, aqui presente, e a seu irmão Franz Vogel, em partes iguais.

— Devagar, devagar! Já lhe disse que sou eu quem administro a herança, e quem deve decidir isso sou eu, não o senhor!

— Não se iluda! Se já foi uma vez o responsável pela herança, agora já o deixou de sê-lo. Você foi enganado por Melton, entregando-lhe um dinheiro que não pertencia a ele.

— Eu acreditava ser ele o legítimo Small Hunter! — defendeu-se.

— Mas ele não era! E já não tem que decidir mais nada a respeito dessa herança, e nem a quem ela deve ser entregue. Demonstrou sua tremenda incompetência, senhor Murphy, coisa que até hoje ninguém teve coragem para lhe dizer.

— Repito que Jonathan Melton me enganou!

— E eu repito que o senhor foi incompetente. Entregou a herança a um impostor, sem as formalidades necessárias para se garantir se aquele era mesmo o real herdeiro da fortuna.

— Posso provar o contrário e não tem o direito de chamar-me de incompetente! E este assunto está encerrado, senhor "herói"! Devo entender que o senhor está se negando a entregar-me este dinheiro?

— Sim — repliquei tão taxativo quanto ele.

Ele ficou então perplexo.

— Mas isso é um absurdo! Como testamenteiro posso ordenar que me entregue o dinheiro!

— E como vai me obrigar a isso, senhor advogado?

— Mandando! — rugiu.

— Se eu fosse o senhor, não me arriscaria a tal ridículo. Esse dinheiro não sairá de minhas mãos, a não ser para ir para os seus legítimos donos! E vou dar-lhe um bom conselho, antes que as coisas fiquem piores!

— Não tem que aconselhar-me nada! Deixe isso para estes pobres índios que você está embromando. Ou acredita que sou tão ignorante e miserável quanto eles?

— São tão homens quanto eu ou o senhor!

— Ao diabo o senhor e sua amizade com estes selvagens!

— Mude o tom, senhor Murphy — pedi-lhe, já que

ele estava começando a me irritar. — Não estou acostumado que me tratem assim.

— Ah! Eu sei... O grande "Mão-de-Ferro" sente-se como um rei! Um deus, a quem todos devem obedecer!

O olhar de Maria deteve-me. Então, recordei a Murphy suas palavras quando o libertei:

— O senhor me disse algo sobre Sêneca, senhor Murphy, algo referente à gratidão. Vejo que já se esqueceu disso.

Fez um gesto depreciativo com as mãos, dizendo acremente:

— Não queira confundir as coisas! Falei assim porque acreditei que estaríamos de acordo e reconheceria meus direitos como testamenteiro.

— Não insista mais. O senhor mesmo desqualificou-se para esta posição ao ser enganado por Melton! Inclusive, o senhor poderá até ter que responder por isso.

— Eu? O senhor está louco.

— Freie sua língua, Murphy. Eu lhe devolvi a liberdade e a vida; e apesar disso, só recebi grosserias e insultos.

— Não me venha com estes discursos agora! Conheço muito bem o motivo que o leva a não me entregar este dinheiro!

— Como? O que quer dizer?

— Está bem claro! Debaixo desta sua aparência de "herói" há um...

— Basta! — interrompi, já irritado. — Nem mais uma palavra! Há calúnias que só podem ser respondidas de uma maneira, senhor Murphy!

— Falou agora o verdadeiro selvagem que o senhor é!

— Repito para que não volte a me insultar!

— Ora, não acredite que me assusta!

Maria tentava, em vão, intervir para terminar aquela nervosa discussão. Mas as palavras e a atitude daquele homem me esquentaram o sangue, e rebaixando-me a seu nível, gritei:

— Verme! Não se dá conta que posso esmagá-lo com uma das mãos só?

— Esmagar-me? — replicou furioso.

— Sim, é o que farei se não retirar suas ofensas e acusações!

— Não vou retirar nada! Torno a afirmar que não quer me entregar este dinheiro porque quer desviar uma boa parte desta herança em proveito próprio. Por esse motivo...

Não o deixei terminar. Dei-lhe um murro no queixo com toda a minha força, fazendo o advogado cair sem sentidos imediatamente.

Maria segurou-me as mãos, horrorizada, dizendo:

— Não! Não! Pelo amor de Deus! Não o mate! Está certo que ele não tem o direito de falar assim com o senhor. Compreendo que o ofendeu gravemente, eu mesmo estou ofendida com ele, mas... Não o mate!

— Matá-lo? Não precisa temer, Maria... Agi um pouco bruscamente, só isso.

E afastei-me dali.

UMA ARMA SINGULAR

Capítulo Primeiro

Os índios nijoras que presenciaram nossa disputa cravaram os olhos surpreendidos sobre mim, ao ver que eu me afastava da mulher e do homem, depois de tê-lo deixado desmaiado com um soco.

Quando cheguei junto ao chefe, nos lábios de Olho Perspicaz aflorou um sorriso divertido:

— Meu irmão Mão-de-Ferro soube dizer as coisas a este cara-pálida com muita "força". Já não discutirá quem manda aqui!

Não quis desfazer o engano, e então nada disse que nossa discussão havia sido por um motivo bem distinto. No fundo, se aquela idéia o fazia feliz, para que dizer-lhe que Murphy havia levado um soco por chamar-me de ladrão, insinuando que eu queria ficar com a herança para mim?

No fundo, todos os peles-vermelhas são um pouco crianças, e era melhor que continuassem assim. Eu não iria ajudar em nada pondo-os a par de coisas que bem podiam despertar-lhes a cobiça também. Sentia-me responsável por aquele dinheiro que agora estava em meu poder, e já tínhamos complicações o suficiente com a iminente batalha contra os magalones, que devíamos tentar evitar.

De longe observei Maria, que confusa e sem saber o que fazer, olhava ora para o homem que jazia desmaiado aos seus pés, ora para mim, como se me pedisse ajuda.

Sentia-me incapaz de regressar para junto deles e cuidar do delicado Murphy. Pelo menos, fisicamente, ele estava demonstrando que era frágil, já que eu o havia deixado fora de combate com um só golpe.

Para minha sorte, acabei por esquecer este assunto, já que logo depois um dos sentinelas aproximou-se, informando que um grupo de cavaleiros se aproximava.

Tratava-se dos vinte nijoras restantes, a quem demos ordens para voltarem em busca de Emery, Will Dunker e o resto dos guerreiros.

Enquanto isso, Murphy recobrou os sentidos e dirigiu-se para o arroio, para limpar o rosto e seu corpo dolorido.

Vi que Maria sentou-se no estribo do veículo que lhes servira de prisão, com ar abatido e aborrecida. Queria supor que aquilo não se devesse a mim, e sim à absurda e inesperada atitude do advogado. Mas não me aproximei para averiguar, temendo que Murphy se sentisse ainda mais enraivecido e retomasse a discussão.

Afinal chegaram os guerreiros, trazendo os outros prisioneiros, e o acampamento animou-se novamente.

Eu já me dispunha a dar as ordens sobre o traslado de todos aqueles prisioneiros, quando chegaram a meus ouvidos uma tremenda balbúrdia. Voltei-me naquela direção. E vi que Afonso Murphy, ao ver Jonathan Melton entre os prisioneiros, havia se lançado em sua direção, gritando feito louco, e enchendo Melton de socos e pontapés, não podendo o impostor defender-se, já que estava amarrado.

Os demais observavam a tudo isto perplexos, sem compreender qual o motivo de tanta fúria. Eu acabei por gritar, sem nem pensar no porque desta minha atitude:

— Soltem Melton!

Bastou um instante para que Will Dunker cortasse com um só golpe as amarras e, ao ver-se livre, Melton atirou-se ferozmente sobre seu agressor.

Os dois homens não tardaram a rolar pelo chão, numa briga feroz, onde já não se distinguia nem mais, quem era quem.

Durou um bom tempo até que a luta fosse decidida, e quando esta terminou, os dois rivais ficaram em tal estado que não havia vencedor nem vencido. Os dois estavam exaustos igualmente, com as roupas rasgadas e ofegantes, sem forças para continuarem a briga.

Emery aproximou-se de mim, com a surpresa estampada no rosto, reprovando-me:

— Por que permitiu que o advogado recebesse essa tremenda surra?

Eu sorri, mas ele disse:

— Não negue que você sabia o quanto Melton é feroz!

— Não penso em negar! Já não havíamos comprovado isto antes?

— Então, por que fez isto?

— Porque o advogado merecia!

Emery me conhecia muito bem. Ambos havíamos feito muitas viagens ao Egito e a outros lugares, por isso olhou-me fixamente para então perguntar:

— O que se passou com esse homem, amigo?

— Ameaçou-me para que devolvesse o dinheiro.

— O dinheiro da herança?

— Sim, e ainda disse que minha intenção era ficar com uma boa parte dos milhões.

— E não lhe deu um bom par de socos?

— Não pude dar-lhe o segundo, porque só agüentou o primeiro!

— Entendo. E por isso encarregou o próprio Melton de dar-lhe a lição merecida, não?

— Admita que não foi uma má idéia.

Sir Emery Bothwell quase nunca me chamava de Mão-de-Ferro como Winnetou, Will Dunker ou meus outros amigos, por isso exclamou divertido:

— Sempre será um rapaz muito original, querido Charley. Você está de parabéns!

— Deixemos que ambos recobrem o alento. Foi uma boa pancadaria.

— Mas será preciso amarrar Melton novamente — disse Emery.

— Claro, esse canalha aproveitaria a menor oportunidade para esfumar-se, e já nos deu bastante trabalho.

Emery viu então, junto ao veículo, a bela Maria Vogel, a quem saudou com um aceno, murmurando para mim:

— Esta mulher está cada dia mais bonita. Nem as privações que passou no cativeiro a afetaram. Vou apertar sua mão!

— Um momento, Emery.

— O que foi, Charley?

— Não comente nada de minha briga com o advogado. Ela fica aborrecida ao falar deste assunto.

— Não se preocupe, não direi nada.

Mas antes de ir em direção a Maria, perguntou-me:

— E que tal se soltássemos Judith?

— Para que, Emery?

— Para que ajude Maria. Ela pode ocupar-se das necessidades da senhora Werner. Seria uma boa coisa, não acha?

— Faça o que achar melhor, mas sempre mantenha essa astuta mulher vigiada!

— Fique descansado, bastará que os sentinelas não a deixem aproximar-se dos cavalos. Além disso, para onde poderia ir?

— Receio que Judith seja muito orgulhosa para servir alguém, e lembre-se que foi a esposa de um grande chefe dos yumas, o qual lhe proporcionou muito ouro e luxo.

— Não se preocupe, já disse. Eu a convencerei.

— A essa tigresa?

— Por que não? Judith preferirá ajudar a senhora Werner a continuar amarrada entre os prisioneiros.
— Sim, é possível.
Minutos depois, Judith ficava muito surpresa ao ver que a livravam das incômodas amarras. Quando ficou livre, levantou-se e com um olhar desafiador, permaneceu em silêncio.
— Sua sorte dependerá de seu comportamento, Judith — disse eu.
— Agora fala por meio de enigmas? — contestou ela, altiva.
— Por que está usando este tom, senhorita Silberberg?
Ela então mudou a expressão:
— Por que me chama assim?
— E por acaso este não é o seu nome?
— Esqueça isso. O que irá fazer comigo?
— A senhora é cúmplice dos Melton e nosso dever é entregá-la o mais prontamente à justiça.
— Não tem provas para isso!
— O próprio Jonathan irá se encarregar das denúncias, tenha certeza. Mas vou propor-lhe um arranjo.
Seus olhos se arregalaram, e ela redobrou a atenção em minhas palavras:
— A senhora Werner precisa de alguém que a ajude. Quer ocupar este posto? Isso irá permitir-lhe maior liberdade de movimentos.
A judia sorriu altivamente, para dizer com desprezo:
— Está louco, Mão-de-Ferro? Eu, me fazendo de camareira? Não me rebaixarei assim! Jamais! Sou uma dama, de tanta ou mais categoria, que esta senhora Werner. Saiba que não moverei um só dedo para ajudar a esta mulher. Esquece que sou a viúva de um grande chefe índio? De um soberano!
— Está bem, não discutiremos isto. Mas em respeito a sua "soberania", mandarei amarrá-la novamente. O que acha disso?

Emery tinha as cordas já nas mãos, e nos olhava curioso para saber como aquilo terminaria. Mas Judith não disse nada, limitando-se a levantar a cabeça com a maior altivez possível, se é que isso era possível, e eu então disse a meu amigo:

— Vamos lá, Emery! Torne a amarrar a "rainha"!

E ele assim o fez, enquanto dizia:

— Acontece com freqüência que aqueles que têm um espírito mais mesquinho, sejam os mais arrogantes e soberbos. Do mesmo modo que os mais nobres são os mais modestos e humildes, senhora...

A prisioneira continuou com seu ar altivo e silencioso, mas seus olhos me fulminaram, como se quisesse me furar com eles, na falta de setas envenenadas. Emery continuou falando:

— A soberba não é grandeza, senhora, mas somente inchaço. E quem está inchado parece gordo... Mas não está saudável!

— Vão para o inferno! — gritou Judith, incapaz de agüentar mais.

Claro que não lhe fizemos caso, e ao invés de irmos para o inferno, fomos nos reunir aos nossos amigos.

Capítulo II

Os magalones há tempos já tinham partido, motivo que levou Emery a me dizer:

— Devemos nos colocar em marcha, ou chegaremos tarde ao desfiladeiro.

Eu sabia disso, mas os fatos ocorridos nos últimos dias tinham atrasado meus projetos.

— Você disse "chegaremos"?

— Sim... Eu me enganei? Quer dizer que devo ficar por aqui?

— Será necessário, Emery.

— Ah, não, Charley! Nem pensar! Não ficarei aqui nem que amarrem.

— Emery, creio que é o melhor. Sei que isto não parece importante para você. Mas temos os prisioneiros, sobretudo Jonathan Melton, que não pode ficar sob os cuidados de qualquer pessoa. Se este canalha conseguir escapar, estamos perdidos.

Vi que já começava a convencê-lo, motivo pelo qual insisti:

— Isso sem contar os outros prisioneiros. Agora já temos sessenta magalones, sem contar os índios yuma que acompanham Judith. Uma só circunstância favorável e todos eles... Não acredita que há o risco de uma rebelião, já que temos tantos prisioneiros?

— Sim, mas outra pessoa pode cuidar disso, não precisa ser eu!

— Vamos, Emery...

— Além do mais, Charley... Estão todos amarrados!

— Isso só me tranqüilizaria se aqui ficasse um homem de extrema confiança. O menor descuido representaria para nós uma catástrofe.

— Digo que não!

— Ponha-se no meu lugar, obrigado a defender a passagem junto a cinqüenta ou sessenta guerreiros, contra centenas de inimigos. E ainda tenho atrás de mim esses sessenta prisioneiros. Se eles escaparem, estará tudo perdido!

— Diabos! Você sabe como convencer as pessoas...

— Não quero convencer ninguém, Emery, quero só que use a razão...

— Está bem.. Já sei que seria fatal se nós nos víssemos encurralados entre dois fogos...

— Ali terminariam nossos dias.

— E por que justo eu é que tenho que ficar?

— Porque confio em você mais do que em ninguém.

Ele olhou-me então, indignado.

— Não precisa me adular!

— Quer que fique Will Dunker, então?

Will fez um gesto significativo, como se lavasse as mãos.

— Não me metam em confusão, amigos. Sou guia e explorador, e nada mais.

— Então terei que ficar eu, ou então o próprio Olho Perspicaz.

— Meus irmãos esquecem que os nijoras estão sob o meu comando — disse o chefe índio.

— Eu não esqueço, mas Emery ao que parece, sim.

— Está bem, está bem... Eu ficarei. Satisfeito? — disse Emery, aborrecido.

— Já que é você quem vai mandar aqui, quantos homens quer que fiquem, para ajudar você?

— Bastam dez — disse ele, secamente e visivelmente contrariado.

— Tendo em conta que estão bem amarrados, creio que não precisará mesmo de mais, mas como precaução nunca é demais... Você fica com trinta e eu parto com sessenta. O que acha, Emery?

— É o cúmulo! Você arranja tudo à sua maneira, e ainda me pergunta o que eu acho. O que eu vou dizer? Está tudo decidido.

Bati em seu ombro, amistosamente. Ele era um dos meus melhores amigos e, quase sempre, estávamos de acordo, exceto em ocasiões como esta, claro. A prova de nossa amizade foi que, jogando o cigarro ao fogo, ele falou:

— Com esses sessenta homens, a quarta parte das forças que Winnetou comandará, terá que executar uma das partes mais difíceis de nosso plano.

— É o suficiente. O que faltar de homens, será compensado pela tática certa. Na realidade, creio que necessitaria do dobro de homens que estou levando, mas já pensei em algo, utilizando esta carruagem aí.

— Está falando sério?
— Totalmente.
— Qual é a idéia?
— Já disse, vou utilizar a carruagem.

Emery olhou para Olho Perspicaz e Will Dunker, como se buscasse ajuda:

— Pensa utilizar a carruagem como?
— Como se fosse um aríete.
— Explique isso, e bem claro. Não estou entendendo.
— Mas é muito simples, Emery.
— Fale de uma vez, sim. Porque não vejo a necessidade de levar este traste aí. Como quer avançar velozmente, levando este trambolho?
— Escute bem. Assim que os magalones entrarem no desfiladeiro, não devemos dar-lhes tempo, nem espaço para que retrocedam. Vamos segui-los de perto, apesar do perigo que isto representa.
— E...?
— A carruagem servirá como cobertura.
— Cada vez entendo menos, Charley!
— Quando a carruagem aparecer atrás deles, os magalones nos tomarão como seus próprios guerreiros, os dez que deixaram tomando conta dos prisioneiros.
— Já começo a entender! — disse, acrescentando pensativamente: — Isso não terminará bem!
— Por que não, Emery?
— Com a carruagem ficaram dez magalones... E vocês estão em sessenta!
— Certo — interveio Will Dunker. — Suspeitariam imediatamente ao verem tanta gente escoltando a carruagem.
— Não! Esqueceram-se dos cinqüenta guerreiros que Vento Forte emprestou a Jonathan, para que nos capturasse? Eles não sabem que foram derrotados no Manancial Sombrio, e que os fizemos prisioneiros. Pensarão que são eles. O que acham da idéia?

O silêncio então caiu sobre meus amigos, e mesmo Emery, que não achava a idéia de todo boa, acabou por concordar com os meus planos.

Capítulo III

Estive planejando tudo com meus amigos durante um bom tempo, para que nada saísse errado. Estávamos conscientes de que nos dispúnhamos a enfrentar um grande perigo, no qual podíamos perder nossas vidas. Era absurdo cometer o erro de menosprezar nosso inimigos, sabendo, como todos sabíamos ali, que os índios magalones pertenciam a um das tribos mais belicosas do bravo Oeste.

E como ninguém rechaçava a minha idéia, pedi a Olho Perspicaz:

— Reúna seus homens e diga-lhes que preciso seis dos melhores cavaleiros que quiserem me acompanhar.

— O que está se propondo meu irmão Mão-de-Ferro?

— Empreender algo... bem arriscado, amigo.

Olho Perspicaz não disse mais nada, levantando-se para chamar seus guerreiros. Sabiam que a luta seria contra os seus inimigos, os magalones, e por isso todos se ofereceram para me acompanhar.

Isto me agradou, pois não há nada melhor do que contar com a ajuda de pessoas dispostas a dar o melhor de si, e em vista de sua valentia e da lealdade de seu chefe comigo, falei a Olho Perspicaz, mas de um modo que todos pudessem ouvir:

— Devemos seguir os magalones, mas levando a carruagem, para que ele nos tomem, à distância, pelos seus homens. Eles nos permitirão seguir atrás deles até o desfiladeiro. Quando chegarem à plataforma, e encontrarem ali seus valentes irmãos ocupando as melhores posições, o natural será que queiram retroceder, pondo-se a salvos. E isso é o que iremos evitar!

Todos escutavam atentamente. Então, eu continuei:

— Essa carruagem nos servirá para obstruir a passagem do desfiladeiro, também. Para que o pesado carro possa subir a íngreme encosta, precisa de pelo menos oito cavalos. Eu mesmo guiarei os dois últimos cavalos, já que os outros seis precisam ter seus respectivos cavaleiros. Quando os magalones tentarem retroceder, e perceberem que somos inimigos, irão lançar-se contra nós. Indo na frente, já se compreende o perigo que correrão os seis cavaleiros; por isso estou deixando claro o risco que correrá quem aceitar tal missão.

Fiz uma pausa, antes de prosseguir, pondo mais ênfase em minhas palavras:

— Agora que me escutaram... quem quer me acompanhar?

E novamente, quase como se fosse uma só voz, todos os nijoras se ofereceram para me acompanhar.

Olho Perspicaz, orgulhoso de seus homens, disse:

— Mão-de-Ferro pode ver que entre os nijoras não há covardes. Se Mão-de-Ferro arrisca sua vida conduzindo a carruagem, nenhum de meus bravos quer ficar para trás.

Então eu me dirigi ao nijora que, desobedecendo as ordens, tinha maltratado a um dos magalones, motivo pelo qual eu o castiguei, humilhando-o diante de todos os seus companheiros. Minha repulsa por causa de sua violenta ação havia pesado sobre ele, mas agora ele também estava ali, como todos os outros, levantando o braço e pedindo voluntariamente para ser posto em combate.

O mais arriscado dos combates.

Ao reconhecê-lo, aproximei-me e lhe ofereci a mão.

— Mão-de-Ferro tem direito a me desprezar.

— Seu irmão Mão-de-Ferro não o despreza — respondi.

— Castigou-me... justamente!

— Certo, mas o fiz no calor do momento, igual a você, ao golpear o inimigo já vencido.

Os olhos daquele homem adquiriram um brilho especial ao ver justificada sua ação e, atropeladamente, olhando para seus companheiros, disse jubiloso:

— Sim! Isso! Foi isso! Eu estava excitado pela luta, e ao ver que este cão magalone não atirava fora sua arma eu... eu...

— Não se esforce, todos os seus irmãos sabem disso.

Um murmúrio de aprovação saiu daqueles homens. Tornei a estender minha mão, que ele apertou orgulhosamente.

— Você será um dos voluntários — disse, escolhendo-o.

— Eu... Meu irmão acredita que?

— Creio que é um homem valente, e que sabe perdoar o inimigo.

Ainda faltava escolher os outros voluntários, por isso decidi:

— Todos devem ser excelentes cavaleiros. Trata-se de levar a carruagem a galope até o desfiladeiro e, ao iniciarem os magalones sua retirada, meter os cavalos entre eles e causar a maior confusão possível. Já sei que todos são valentes, mas os desconheço como cavaleiros. O seu chefe Olho Perspicaz então escolherá.

Não era uma tarefa fácil para o chefe nijora, que não queria ofender a nenhum dos homens que fielmente o seguiam. Mas aquela era uma tarefa que cabia muito mais a ele do que a mim.

O Caçador Caçado

Capítulo Primeiro

Esta solução que encontrei para escolher os cavaleiros era boa também para reafirmar a autoridade de Olho Perspicaz, que não se aborreceria novamente com o que Murphy, tão mal-intencionadamente, tinha comentado.
Enquanto ele se dedicava à delicada tarefa de escolher os voluntários que necessitava para botar meu plano em ação, seguido por Emery e Will Dunker, fui cuidar de outros detalhes. Não ia ser uma expedição sem importância, e nada devia ser esquecido, pois é sabido que, muitas vezes, mais que a fraqueza ou a pouca valentia das tropas que um general comanda, o êxito ou fracasso depende das medidas que ele toma.
No campo de batalha se pode, e se deve, em certos casos, improvisar. As circunstâncias de como se desenvolve o combate, exigem uma elasticidade para fechar uma frente, investir em outra, ou dar oportunidade de retirada que possa evitar uma catástrofe. Mas na maioria dos casos, as previsões feitas antes da batalha, faz com que a balança da luta se incline para o lado que se deseja.
Em meu caso, concretamente, mais do que a glória da vitória, ou a humilhação pela possível derrota, preocupavam-me as muitas vidas humanas envolvidas. A enorme responsabilidade de um homem que lança outros à luta, deve apoiar-se estritamente neste ponto.

Olhando aqueles robustos guerreiros nijoras, por minha mente passaram os anos que haviam transcorrido até que eles alcançassem a plenitude de seu desenvolvimento corporal, para converterem-se em homens adultos e valorosos. Um soldado pode morrer em combate em um segundo. Mas tarda vinte anos ou mais para converter-se num homem, em um dos peões que o general lança à luta no momento preciso. É dispor-se de sua vida, de uma existência que passou pelo nascimento, infância, puberdade e juventude, e que pode ser destroçada em um segundo, num piscar de olhos.

E isto era uma enorme responsabilidade!

Eu tinha que ver também o estado da carruagem, e ao aproximar-me vi Maria Vogel entretida em colocar ordem em sua revolta bagagem.

Quando foi capturada pelos magalones, Vento Forte teve que impor toda a sua autoridade para que seus homens não destroçassem o butim. Então tinha achado melhor não reparti-lo até que se visse livre dos prisioneiros, e talvez por isso, agora, Maria pudesse dispor de grande parte de suas coisas, mesmo que outras tivessem desaparecido ou estivessem rasgadas.

— Veja o que estes selvagens fizeram com meus lindos vestidos — disse ela.

— Sinto muito, Maria.

— Mas, apesar de tudo, não deixo de dar graças a Deus por poder utilizar o mais importante deles.

— Refere-se à sua pele?

— Precisamente, Charley.

Fiquei surpreso. Era a primeira vez, desde muito tempo, que ela me chamava assim. Para recordá-lo, teria que voltar muitos anos atrás, na Alemanha, quando era ela quase uma menina e seu pai me pediu que utilizasse minha influência para que ela tivesse aulas de canto.

O resultado era que Maria Vogel era uma cantora talentosa, e em pouco tempo começou a cantar ópera em Berlim. Seu irmão Franz também gostava de música, e chegou a ser um autêntico virtuose do violino. Tudo aquilo estava distante, como o dia em que, ao regressar de uma das minhas viagens ao Estados Unidos, um homem veio me cumprimentar em Dresden, recordando uma das minhas várias aventuras em que acabei por ajudá-lo, juntamente com Winnetou. Seu nome era Werner, Conrado Werner, e ele me acompanhou vários dias em minha viagem pela Alemanha, até o dia em que o apresentei à família Vogel. Ele enamorou-se de Maria, e conseguiu casar-se com ela.

O pai de Maria confessou-me, no entanto, que sua filha havia estado, durante muitos anos, apaixonada por mim, mas como tinha poucas esperanças que eu retribuísse o sentimento, acabou por casar-se com Werner.

Não consegui evitar este casamento que, mais tarde, iria mostrar-se catastrófico. Werner era um homem rude, que havia conseguido fazer fortuna devido a um golpe de sorte. Havia comprado um pântano que não servia para nada, mas havia encontrado ali petróleo, petróleo em tanta quantidade que converteu-se no "rei do petróleo".

Mudou-se para São Francisco onde comprou um palacete e viveu como um príncipe. Sua viagem à Alemanha tinha tido um só propósito: conseguir uma esposa apropriada à sua nova condição de multimilionário. Desgraçadamente, fui eu quem o apresentou à família Vogel e sentia-me responsável, por causa do meu silêncio diante da decisão de Maria em casar-se com aquele homem.

Dois anos depois, seu castelo de cartas ruiu. Werner havia se comprometido em especulações na bolsa e montado negócios custosos, dos quais nada conhecia. Teve como sócios homens que se aproveitaram dele, amigos que o traíram, enriquecendo à suas custas. Foi quando começou a beber, e sua grosseria aumentou ainda mais por causa de suas bebedeiras, caindo numa miséria moral e física.

Maria Vogel, para sair daquela situação, iniciou uma série de recitais, acompanhada por seu irmão Franz. A vida em comum com o rude Werner era impossível, já que este afundava-se cada vez mais na bebida.

Eu continuei com minhas viagens, banhando-me na essência do mundo, adquirindo novas experiências cada vez que meus olhos descobriam horizontes e países distintos. Ela continuou cantando e eu escrevendo, e só espaçadamente tínhamos notícias um do outro, através de amigos em comum ou de uma ou outra carta.

Mas sobre os sentimentos que Maria nutria por mim, e os que eu nutria por ela, poucas vezes falamos. Era algo que devia permanecer no mais absoluto dos segredos.

Mas a vida voltou a cruzar nossos caminhos, já que ela era sobrinha do velho Hunter, e portanto a herdeira da enorme fortuna que eu recuperara com a ajuda de meus amigos.

Às vezes, eu me perguntava se não havia embarcado naquela aventura perigosa por causa dela; pela recordação da Maria Vogel que eu havia conhecido há muitos anos atrás.

Tudo isto vinha à minha memória ao vê-la ali, junto daquela velha carruagem, tentando pôr em ordem suas coisas.

Eu podia entregar a Maria Vogel o dinheiro, tão disputado, daquela herança. Podia, ante as acusações do advogado, demonstrar que nenhum interesse monetário me movia naquilo tudo, mas o que conseguiria com isso?

Estávamos em terras primitivas e selvagens, e Maria era um inimigo fácil de vencer, podendo ser roubada novamente. Pensei então, que logo chegaria o dia em que entregaria a ela e a seu irmão todo o dinheiro que lhes pertencia. Mas antes tinha que afastar o perigo e tirar do caminho todos os inimigos.

Assim é que conversei com ela de coisas sem importância enquanto inspecionava a carruagem que nos acompanharia naquela expedição. Soube que os cavalos que levaram a carruagem até Rochas Brancas ainda estavam ali. Aquilo me tranqüilizou, porque, se tivesse que colocar para puxar a carruagem os cavalos selvagens que os índios montavam, certamente não teria sucesso.

Assim o transporte seria feito sem dificuldades, ainda mais que, felizmente, os arreios encontravam-se em bom estado. O tempo corria e decidi apressar os preparativos.

Não convinha que os magalones nos levassem muita dianteira.

Capítulo II

Por fim, a velha carruagem estava pronta para partir, puxada por oito cavalos, enquanto os sessenta cavaleiros nijoras que nos deviam seguir, preparavam suas montarias. Emery, como encarregado do acampamento e de tudo o que ficava ali, veio perguntar-me algumas coisas.

Respondi a todas as suas perguntas, procurando levá-lo para trás da carruagem. Não compreendeu o que eu fazia, e perguntou-me desconfiado:

— O que você quer? Ensinar a este velho que esta é uma sela de montaria?

— Uma coisa completamente diversa disso, Emery. Venha comigo.

— Tem algo para dizer-me?

— Melhor, tenho algo para lhe entregar.

Meti a mão entre minhas roupas e saquei a carteira que continha a herança.

Sir Emery Bothwell arregalou os olhos.

— Não, não, Charley! Não quero tanta responsabilidade. Essa condenada carteira é como um barril de pólvora. Se alguém souber que estou com isto...

— Está com medo, Emery? — disse, para mexer com seu orgulho.

Ele olhou-me com seriedade, rechaçando esta idéia:

— Bem sabe que não tenho medo, você me conhece bem, e há muito tempo!

— Justamente por isto que confio tanto em você. Compreende agora porque desejava tanto que fosse você a permanecer no acampamento, tomando conta de nossos prisioneiros?

— Sim, sim... Eu compreendo, Charley, mas todos esses milhões, isso é pura dinamite!

— Vou lutar Emery, posso morrer, ou cair ferido, ou mesmo prisioneiro. Estamos lutando há tanto tempo para resgatarmos esta fortuna da mão dos Melton, que não podemos perder esta partida justamente no final.

— A senhora Werner está aí. Este dinheiro pertence a ela e a seu irmão Franz.

— Seria uma tolice entregá-lo agora. Poderiam atentar contra sua vida...

— Este é um assunto aborrecido, Charley! E eu sempre fico com a pior parte! — resmungou ele novamente.

— Você é o mais indicado para isso. Não posso pedir tal coisa a Will Dunker. É um bom homem, parece ser honrado, mas... É muito dinheiro, Emery! Sabemos que a tentação pode ser muito forte!

— Não creio que ele fosse capaz de...

— Eu também não, e não quero ofendê-lo com minhas considerações. Mas, de todo jeito, devemos ser prudentes.

Ele então aceitou a carteira que pus entre suas roupas. Então, Emery deu-me uns tapinhas nas costas e disse:

— Bom, volto a ser milionário. Que tal se eu ficar com este dinheiro, Charley?

— Não diga bobagem.

— Não é bobagem, rapaz! Você mesmo acabou de dizer que a tentação é grande! Eu posso...

— Sei que você daria a vida para defender o que não

lhe pertence, e tenho absoluta certeza que jamais pensaria em...

— E por que não? Porque sou um homem rico? Porque tenho na Inglaterra o título de sir? Coisas muito mais improváveis já aconteceram! E como você mesmo disse, Charley, ninguém recusa um doce! Uns milhões a mais...

— Deixe de brincadeiras, você jamais faria tal coisa.

— E no que se baseia para fazer esta afirmação? Nisso que me disse?

— Não, em algo mais.

— No que, então!

— No fato de você ser um homem honrado. Este é seu melhor título, Emery!

Ele então sorriu abertamente e apertou minha mão:

— Obrigado, Charley, este título que está me dando deixa-me muito orgulhoso. Cuidarei desta carteira como se estivesse cuidando da minha própria vida!

— Eu sei, e creio que...

— Cuidado! Alguém se aproxima.

— É Will Dunker. De todo jeito, é melhor que ninguém fique sabendo do que combinamos.

E o altíssimo explorador enfiou a cara pela janela da carruagem, dizendo:

— Aquele tal de Melton quer falar com você.

— Que diabos ele quer?

— Não sei, mas disse que é algo importante.

Jonathan Melton ainda tinha no rosto as marcas da brutal luta que tinha tido com o advogado. Mas não era isso que fazia com que seu rosto resultasse desagradável, eram seus olhos, carregados de cobiça e maldade, que pareciam irradiar-se por todo o corpo.

Quando ele me viu, dirigiu-me um olhar gelado, dizendo:

— Fiquei sabendo que está indo combater.

— Isto não importa a você.

— Está levando o dinheiro que me roubou?

— A resposta continua a mesma. E quanto a dizer que roubei o dinheiro... É melhor nem falarmos disso!

— Como qualifica então, o senhor que é tão cavalheiro e honrado, o ato de entrar furtivamente numa tenda e farejar como um rato ali? Foi muito ágil e astuto, levando a carteira com o dinheiro e deixando a maleta, para que eu não suspeitasse de nada.

— Mandou-me chamar para contar coisas que já estamos cansados de saber?

— Tenha um pouco mais de paciência comigo, eu lhe peço. Todo réu tem o direito de falar.

— Pois diga logo o que quer, mas seja rápido.

— Responda a minha pergunta: está levando o dinheiro?

— Por que quer saber?

— Porque você não deve permitir que este dinheiro seja destruído. Eu lhe asseguro que não voltará desta expedição com vida.

— Ora! Não me diga agora que o senhor se preocupa com minha saúde, ou com minha integridade física! Isto me causa risos!

— Podemos fazer um trato.

— Jamais faço acordos com criminosos de sua laia.

— Está indo ao encontro da morte, estou dizendo!

— E o que isto lhe importa?

— Pela parte que me toca, importa sim, e muito!

— Por que?

— Se me der sua palavra de honra que irá me deixar em liberdade, eu o salvarei, descobrindo os planos dos magalones.

— Ora, ora, Melton. Você não tem remédio! É mesmo um perfeito canalha. Agora pretende trair os magalones, seus amigos e aliados.

— Ao inferno com os magalones e todos os peles-vermelhas deste país!

— Esta traição é típica de você.

— E o que me importa Vento Forte e seus índios imundos?

— Você os insuflou contra os nijoras. Encheu-lhes a cabeça de mentiras, contando mil falsidades sobre Winnetou e eu. Jogou-os nesta luta e agora... Agora quer vendê-los!

— Não vai lutar contra eles? O que importa se os vencer de uma forma ou de outra?

— Tenho dignidade! Não sou um verme como você!

— Deixe de fingir ser honrado e me escute! Estou lhe oferecendo uma maneira fácil de vencê-los!

— Em troca de que? De sua liberdade?

— Sim! Isto é importante para mim, e a você só deveria importar sair com vida desta enorme confusão em que se meteu.

Senti vontade de esbofetear aquele canalha. Jamais havia visto tanto egoísmo e covardia juntos. Jonathan Melton não era um homem, era um monstro!

Mas me contive em dar-lhe a surra que ele merecia, limitando-me a cuspir em seu pé com infinito asco e desprezo.

— Nada tenho para tratar ou combinar com o senhor. E saiba que faz tempo, pelos meus próprios meios, arriscando minha própria pele, que conheço os propósitos e planos dos magalones, a quem você pensa trair.

— Mentira! — rugiu ele.

— Mentira? Poderia dar-lhe os detalhes do que vão fazer. Mas não merece que desperdice meu precioso tempo com você, um canalha desta espécie.

Já estava me afastando quando, com a voz cheia de ira, gritou para mim, despejando sua fúria impotente:

— Pois vá! Meta-se nessa carruagem e vá buscar a morte! E fique com o diabo para toda a eternidade!

Capítulo III

Antes de iniciar a jornada, aproximei-me de onde estava a outra prisioneira. Judith olhou-me com seus enormes olhos carregados de ódio.

Preferi não levar em conta aquele olhar, limitando-me a aconselhá-la:

— Porte-se bem, não tente escapar e meu amigo Emery não se mostrará rude com você. Ainda que não acredite, esse homem é um cavalheiro, acostumado a beijar a mão das damas com quem trata na Inglaterra. Mas... você já o comprovou! Ele também sabe ser duro quando as circunstâncias o obrigam e não duvidaria em...

— Guarde seus conselhos, Mão-de-Ferro — disse com altivez, chamando-me como os índios o faziam. — O que acha que posso fazer?

— Sei que já não está de acordo com este canalha do Melton. Mas os inimigos mais irreconciliáveis podem voltar a aliar-se, se perceberem que há alguma vantagem nisso, eu sei bem.

— Por esse lado, tampouco deve temer, Jonathan não só é um perfeito canalha que me enganou, mas também um covarde. E detesto os homens que se comportam desse modo!

— Certo. E espero que tudo isto termine bem; se for assim, estou certo de que obterá algum benefício, quem sabe.

Afastei-me daquela orgulhosa mulher, sem dizer mais nada. Os outros prisioneiros índios que também deveriam ficar sob a vigilância de meu bom amigo Emery e os peles-vermelhas nijoras que ficavam lá, não davam mostra de nenhuma inquietação. Permaneciam bem amarrados e esticados no solo, pensando talvez na má sorte que tinham tido, e que naquelas circunstâncias era melhor não irritar seus guardiões.

Nas selvagens pradarias americanas, não se dá muita importância à vida. Um homem pode ser morto, simplesmente, para poupar o trabalho daqueles que têm de vigiá-lo, se por acaso tiver sido feito prisioneiro na luta.

Possivelmente, em seu silêncio, não deixavam de estar preocupados pela sorte que podiam correr. Bastaria a intenção, uma tentativa de fuga, para que os nijoras, comandados por aquele cara-pálida Emery, agissem imediatamente.

Quis também despedir-me de Maria, e isto foi o mais difícil. A formosa mulher tinha um jeito de olhar-me que conseguia me deixar nervoso. Confesso, sem nenhuma presunção, que a vida que levei permitiu-me enfrentar qualquer coisa. Os homens, "civilizados" ou não, índios, selvagens ou o que sejam, não me produzem nenhuma comoção. Posso enfrentá-los conforme a circunstância requerer, com o único pensamento de ganhar a batalha, de sair vitorioso do embate.

Mas diante das mulheres...

Muitas vezes perguntei-me porque é assim. Não é timidez, nem me assustam. Mas sim uma espécie de profundo respeito que sempre senti por elas, vendo-me desvalido como um menino quando as vejo sofrer ou chorar.

Uma só lágrima feminina tem um grande valor para mim. E Maria Vogel, quando me estendeu sua mão fina e macia, tinha seus grandes e formosos olhos úmidos por lágrimas; demonstrando sua preocupação e dor.

— Tudo sairá bem — disse, apertando suas mãos entre as minhas.

— Sim, Charley... Estou pedindo isso a Deus! — murmurou ela.

Para minha sorte, Emery aproximou-se com seus largos e elásticos passos, comunicando-me as últimas disposições que se deviam tomar. O vozeirão daquele inglês às minhas costas permitiu-me voltar a cabeça para trás, livrando-me da irresistível atração dos olhos de Maria.

— O que foi, Emery?

— Nada, é sobre o advogado. Eu o vigiarei bem, assim como os outros!

— Faça-o — aceitei. — Mas sem rudeza, Emery. Não quero que possa pensar que abusamos da força. Terá tempo de refletir sobre o seu comportamento equivocado.

Quando já me encaminhava para a carruagem, a mão de meu amigo levantou-se e jovialmente me desejou:

— Sorte! Sei que ela o acompanhará, Charley... E sei que sabe se cuidar!

Respondi com um meio sorriso, começando os preparativos finais para a jornada.

Consegui pôr em ordem as correias que arrastariam a pesada carruagem e logo tudo estava pronto para começarmos a marcha. Escolhi meu rifle de repetição e pedi para Emery que guardasse bem meu "mata-ursos". Pouco depois subi na frente da carruagem, e Will Dunker entregou-me as rédeas, e os seis cavaleiros voluntários montaram, colocando a carruagem em movimento.

Os primeiros metros que rodamos mostrou-me que os selvagens cavalos dos índios não iriam tão cedo acostumar-se a puxar a carruagem. Aliás, mais que puxar, eles sacudiam a carruagem. Só quando os índios os dominavam por meio das rédeas ou da pressão dos joelhos, eles diminuíam as sacudidelas que ameaçavam desconjuntar o velho e maltratado veículo.

Estávamos atravessando uma região sem rotas marcadas, onde a cada cinco ou dez anos, cavaleiros índios e uns poucos viajantes brancos, caçadores ou exploradores, arriscavam-se em locais tão afastados.

Era natural que em um terreno assim os cavaleiros índios que iam à minha frente não estivessem acostumados a evitar as desigualdades do solo por onde tinham que passar as rodas. Aquela marcha estava longe de ser um passeio agradável, e em muitos lugares tinha que prestar muita atenção para evitar que a carruagem tombasse.

Por outro lado, não era necessário conhecer o caminho que conduzia à plataforma, bastava seguir as pegadas que haviam deixado os trezentos cavaleiros magalones.

O que era preciso, isso sim, era calcular o tempo certo, de modo que pudéssemos alcançar os magalones pouco antes de chegar ao desfiladeiro. De qualquer forma, devíamos evitar que nos descobrissem de longe, já que o principal perigo consistia em que nos reconhecessem. Se tal coisa acontecesse, no mesmo instante iriam se voltar contra nós.

Para evitar tal coisa, enviei um dos nijoras para que examinasse as pegadas dos inimigos, e assim advertir-nos se ganhássemos mais terreno do que era conveniente.

Marchávamos já por duas horas quando o batedor nijora regressou.

— Os cães magalones estão a uns vinte disparos de flecha adiante de nós — disse-nos.

Calculei que aqueles vinte disparos de flecha deviam significar uns dez minutos de marcha, no passo que levávamos. Se fosse um terreno plano, eles certamente nos teriam enxergado, mas estávamos atravessando uma zona montanhosa, com vales bastante pronunciados e que nos permitiria ocultar-nos.

Uns vinte minutos depois, o mesmo batedor regressou, mas acompanhado de outro guerreiro nijora. Este me disse:

— Estava escondido atrás de um penhasco, para não ser visto pelo inimigo. Trago uma mensagem de Winnetou.

— Fale! Que notícias me envia meu irmão?

— Disse que já dispôs os homens como seu irmão Mão-de-Ferro ordenou.

— Devo entender que seus guerreiros estão bem ocultos atrás das rochas?

— Assim deve entender Mão-de-Ferro.

— E o que mais ele disse?

— Que também colocou irmãos nossos atrás das árvores do bosque, até um ponto muito próximo da desembocadura do desfiladeiro.

— Winnetou sabia que seguiríamos tão perto os magalones de Vento Forte?

— O grande chefe dos apaches assim o pensou. Eu desci pelo desfiladeiro e depois segui com cautela o caminho que devia levar-me ao seu encontro. Ao ver os cães magalones me escondi, deixando-os passar sem que me vissem. Então encontrei meu irmão, o batedor que Mão-de-Ferro havia enviado.

— Você viu qual a posição do chefe dos magalones?

— Vento Forte cavalga à frente de seus homens.

— Diga-me então, quanto tempo nos falta para chegar até a estrada do desfiladeiro?

— Uma meia-hora.

— Está bem. Reúna-se com os demais que estão me acompanhando.

A coluna voltou a colocar-se em movimento, avançando mais rapidamente, porque as condições do terreno estavam cada vez mais favoráveis.

Estávamos distante do inimigo uns cinco minutos de marcha.

Chegou o momento em que estávamos separados dos magalones por não mais que uma das curvas da montanha. Pouco depois vimos que as muralhas de rocha, que davam acesso a um vale, separavam-se como que convidando para entrar.

No interior daquela entrada formava-se uma espécie de praça, não muito grande, cercada à esquerda e direita por altíssimos penhascos que, por outro lado, baixavam em rapidíssima queda coberta de árvores frondosas. Ao pé da mesma, à direita, e justamente onde terminava o bosque, vi a entrada daquele desfiladeiro, pelo qual foram entrando os magalones, sem suspeitarem que estavam sendo observados e seguidos.

Tivemos que esperar até que desaparecesse o último deles para podermos entrar.

Agora já tínhamos a raposa presa na armadilha!

Capítulo IV

Como havíamos combinado com Winnetou, sabíamos que acima os magalones estavam sendo aguardados por nossos companheiros nijoras e abaixo estaríamos nós, protegidos por nossa posição privilegiada, impedindo-lhes a retirada.

Uns trezentos guerreiros nijoras haviam-se ocultado naquela plataforma, que forçosamente devia ser fatal para os encurralados magalones. Deste número, a metade, cento e cinqüenta, escondiam-se entre as rochas, e os outros cento e cinqüenta no bosque.

O plano traçado consistia em deixá-los entrar no desfiladeiro e até conseguir enxergar a saída do mesmo, mas antes que os magalones chegassem a alcançá-la, se encontrariam tão estreitamente cercados, que, se não fossem loucos ou suicidas, não teriam outro remédio senão render-se.

Sem refúgio possível, se encontrariam sobre a elevada plataforma, enquanto seus inimigos os atacariam do bosque. E para livrá-los desta armadilha, teriam que atacar-nos simultaneamente: semelhante operação não era capaz de levar a cabo nem mesmo Vento Forte.

O chefe dos magalones foi o primeiro a chegar na plataforma. Ia de um lado para outro, dando ordens a seus guerreiros. Então, não pude deixar de pensar nas palavras de Jonathan Melton. Era possível que naquela expedição o caçador resultasse no caçado. Tudo dependia de que Vento Forte desconhecesse nossos planos e não houvesse tomado suas medidas, claro que, da mesma forma que nós conseguimos chegar a seu acampamento, também eles podiam ter feito o mesmo, e então os resultados podiam ser-nos fatais, porque os peles-vermelhas são astutos por natureza e conhecem o terreno que pisam melhor ninguém, não sendo em vão que dominam as montanhas, pradarias, vales e bosques.

Não obstante, havia algo que podia assegurar, e que era que Vento Forte não podia ter mais de quatrocentos guerreiros. Ou Winnetou e eu havíamos calculado muito mal, ou a tribo dos magalones possuía um número muito maior de homens capazes de entrarem em combate do que supúnhamos.

E ali já haviam trezentos, a quem devíamos acrescentar os cinqüenta que, junto com Melton, haviam caído na emboscada em Águas Profundas.

Pensando nisso, recordei algo que, quatro ou cinco anos atrás, eu e Winnetou havíamos presenciado em territórios comanches. Naquela ocasião também seguíamos uma coluna de cavaleiros desta tribo até o lugar onde deviam encontrar-se com seus inimigos. Ao menos, foi isso que acreditamos, porque, na realidade, eles nos enganaram. Astutamente, o chefe dos comanches havia apostado em uma cartada absolutamente inesperada. Ordenou montar em seus cavalos de guerra as mulheres e os velhos, a quem fez cavalgar durante a noite em coluna dupla, sabendo que nós os iríamos seguir, e caímos na armadilha, pois os guerreiros, na realidade, vinham atrás de nós, a pé, em marcha forçada, cobrindo a distância com um supremo esforço.

Quando nós situamos nossas forças para enfrentarmos aqueles guerreiros comanches, nos demos conta que tais guerreiros não existiam. Estavam atrás de nós.

Havíamos seguido duzentos cavalos, montados por mulheres, crianças e velhos.

Seria possível ter feito Vento Forte tal jogada?

Fora a isso que se referira Melton quando havia tentado fazer um pacto comigo?

Não demoraríamos a saber.

Uma Esplêndida Armadilha

Capítulo Primeiro

Olho Perspicaz rondava ao meu lado, enquanto eu observava o chefe inimigo através do binóculo, já que a distância ainda era considerável. Aqui deixo claro uma coisa: pode-se ser amigo dos peles-vermelhas, mas sempre guardando certa distância, pois é uma raça que sabe estar em inferioridade de condições e, conseqüentemente, são desconfiados e, inclusive, muitas vezes enganam pelo temor de serem enganados.

Por isso não consenti a Olho Perspicaz observar o inimigo através dos meus binóculos, já que mantinha assim a preponderância do mando e podia ordenar aos guerreiros o que eu considerasse mais conveniente. Segui sozinho, pois, os movimentos de Vento Forte sobre a plataforma; este, uma vez inspecionado os arredores, mandou que os seus seguissem adiante.

Quando apareceu sobre a plataforma o último dos magalones, a vanguarda da coluna chegava à metade do barranco. Tendo em conta as distâncias, achei que convinha avançar durante uns minutos mais, para em seguida nos lançarmos ao ataque.

Mas, por uma infelicidade, o chefe dos nijoras não conseguiu conter sua impaciência, e Flecha Rápida deixou-se ver atrás de seu esconderijo, no afã de disparar sobre o inimigo.

Imediatamente, todos os seus guerreiros lançaram seu terrível grito de guerra, enquanto descarregavam suas armas, mesmo que com resultados bastante negativos, já que somente três ou quatro magalones caíram feridos. Isto foi devido à grande distância que nos separava.

Winnetou, ao ver isto, supôs que os nijoras que estavam sob seu comando também seguiriam o exemplo de seus companheiros. Por isso, sua voz potente elevou-se, retumbando entre as rochas:

— Alto! Não disparem meus irmãos! Permaneçam em seus postos! O inimigo não deve saber onde estamos!

Seu desejo era tanto impedir um ataque prematuro, como evitar um inútil e trágico derramamento de sangue. Esta era a principal condição que havíamos imposto e que o chefe dos nijoras tinha aceito.

Mas a ordem de Winnetou não foi obedecida por todos, e seus cento e cinqüenta nijoras começaram a mostrar sua posição ao moverem-se por entre as árvores, muitos deles disparando contra o surpreendido inimigo.

Os terríveis gritos de guerra uniram-se ao retumbar dos disparos.

Vento Forte detêve seu cavalo com um movimento brusco, e com ferocidade, como um puma encurralado, rugiu algo a seus homens. No horizonte rochoso apareceram as silhuetas dos inimigos, ficando os guerreiros acossados. Estavam cercados por todos os lados, só um escarpado barranco lhes oferecia uma certa possibilidade de escapar, mas o perigo era tão grande como enfrentar as balas dos nijoras.

Então a voz de Vento Forte ribombou na plataforma:

— Voltem! Voltem todos! Estão nos cercando! Rápido! Vamos descer pelo desfiladeiro!

Atropelando-se uns aos outros, os trezentos magalones iniciaram a debandada. A galope lançaram-se pela encosta, dando lugar a uma tremenda confusão que aumentava o desconcerto geral.

Capítulo II

E sobre aquela massa de cavalos e homens que lutavam entre si para sair daquela ratoeira, choviam as balas dos nijoras.

Horrorizou-me a idéia do que ali haveria podido ocorrer, se não fosse tamanha a distância entre ambos os bandos, ou se os nijoras possuíssem outras armas de maior alcance e precisão. O massacre teria resultado arrepiante.

Mas, felizmente, não era assim, já que muitos dos magalones caíam ao chão, mas não devido às balas, e sim à fuga desenfreada.

Não tinha dúvida de que os nijoras, exaltados e confiando cada vez mais, avançariam de suas posições para lançar-se sobre seus inimigos ainda com maior vantagem. Mas para evitá-lo, Winnetou saiu correndo de entre as árvores, para situar-se em meio de ambos os bandos.

Aquilo era uma temeridade tremenda! Qualquer bala podia alcançá-lo, fosse da parte dos nijoras, fosse dos magalones que, começando a reagir, já se decidiam a enfrentar seus inimigos.

Mas isto não importava para Winnetou, que começou a agitar os braços, sem deixar de repetir com sua voz poderosa:

— Não disparem mais! É Winnetou quem está mandando!

Sua figura teve mais força que seus avisos anteriores, e os disparos foram cessando, ainda que os magalones, enlouquecidos pelo terror, continuassem tentando escapar da emboscada pelo desfiladeiro.

Quando cheguei com meus homens no começo do bosque, me detive uns instantes para observar a situação. Sabia o que ocorrera na plataforma, ainda que os ruídos tivessem nos chegado debilmente, assim pois, mandei os seis cavaleiros que transportavam a carruagem, que a arrastassem até a entrada do desfiladeiro.

As paredes deste eram de ardósia, e tão estreitas, que em alguns lugares só três cavaleiros podiam passar.

Para minha infelicidade, que ia dirigindo a carruagem, o solo estava repleto de cascalho que, por seu tamanho, podiam romper as rodas. Ao avançar, a velha carruagem inclinava-se de um lado para outro. Parecia um monstro dotado de vida própria, lutando para avançar entre aquele oceano de pedras.

Tive que agarrar-me com força, fazendo um verdadeiro malabarismo para não cair do assento. E com uma só mão tinha que dar conta das rédeas e também do chicote.

Foi então que um grito chegou até mim. Levantei os olhos e distingui, ao final da passagem que conduzia ao desfiladeiro, vários cavalos atropelando-se sem cavaleiros. Eram os magalones, iniciando sua retirada.

— Adiante! — gritei para meus homens. — Atropelem todos os que os tiverem impedindo de passar!

Animando as montarias com gritos estridentes, os nijoras lançaram-se por onde eu indicava, forçando os cavalos da carruagem a segui-los, sempre arrastando o veículo.

O choque com os magalones que buscavam a salvação na saída do desfiladeiro já era inevitável. Poucos minutos depois, deu-se o encontro.

As vanguardas de ambos os grupos chocaram-se, e a carruagem deteve-se, enquanto eu gritava:

— Golpeiem! Adiante! Abram espaço!

Os seis valentes nijoras que iam adiante golpeavam a torto e a direito com a culatra de seus rifles. Eu, enquanto isso, castigava com todas as minhas forças os cavalos, para que empurrassem os que tinham à frente. Assim conseguimos que o pesado carro voltasse a movimentar-se.

Capítulo II

Por fim, e a duras penas, a carruagem chegou até onde o estreito desfiladeiro desembocava na plataforma. Em seguida encarreguei-me da confusa situação. À minha esquerda estavam os nijoras mandados por Winnetou; no outro lado da plataforma, estavam os guerreiros de Flecha Rápida e diante de nós o inimigo, que ia ser bloqueado pelo imenso veículo.

Aquilo era mais do que os magalones esperavam encontrar; desconcertados, pois, arremetiam-se entre si, impedindo até mesmo os seus próprios movimentos.

Era preciso aproveitar aqueles instantes de pânico e desconcerto do inimigo, e tornei a gritar, como um louco:

— Adiante! Temos que detê-los!

Em meio àquela terrível confusão atravessávamos as descompostas filas dos magalones, que se voltavam a fechar-se atrás de nós uma vez passado o veículo, de cujo interior outros nijoras disparavam.

Chegou um momento em que não precisava mais chicotear os cavalos, já que estes, frenéticos diante daquele tumulto, haviam disparado e moviam-se com uma velocidade espantosa, pisoteando tudo que encontravam pela frente. Não sei porque, no meio daquela terrível confusão, meus olhos pousaram em um cavaleiro que, imóvel sobre seu cavalo, olhava-me com as pupilas dilatadas. Eu o reconheci no mesmo instante: era Vento Forte.

Mas então, fui empurrado por um forte sacolejo que fez a carruagem inclinar-se perigosamente para a esquerda. Eu havia enganchado as rédeas no banco, para ter mais liberdade de movimentos, assim, pois, não tive dificuldades em saltar ao chão. Quando levantei, voltei a ver a figura inconfundível do chefe magalone. Corri até ele e saltei sobre sua montaria por trás, agarrando o cavaleiro pelos ombros.

Vento Forte não esperava tão brusco ataque, e soltou as rédeas, para desembainhar sua faca e defender-se. Tentou alcançar-me um segundo depois que eu, afundando os dedos em seu pescoço, pressionava-o fortemente. Jogou a arma ao chão, e tentou livrar-se de mim, jogando o peso de seu corpo para trás, ameaçando jogar-me fora do cavalo. Esquivei-me dele e tentava jogá-lo no chão, quando o cavalo resolveu empinar, fazendo-nos cair cada um para um lado.

Ignoro como não me arrebentei todo, nem como não fomos pisoteados pelos cavalos que, com ou sem cavaleiro, corriam enlouquecidos por causa do tumulto. Minha cabeça rodava e via milhares de luzinhas coloridas diante de meus olhos. Tinha certeza de ter quebrado pelo menos várias costelas.

Confusamente chegavam disparos até os meus ouvidos, mesclados com gritos, alaridos e gemidos de dor. Abri os olhos e vi que um grupo de magalones corria velozmente até onde estávamos, para ajudar ao chefe.

Se me alcançassem estaria perdido, e ainda que meu corpo não tivesse forças para nada, saquei forças da fraqueza e consegui levantar-me do chão, esquecendo das minhas contusões.

Não muito longe de mim estava o meu rifle, assim pois, inclinando-me rapidamente eu o recolhi e, ato seguinte, apontei-o para os quatros cavaleiros que corriam em minha direção.

Quatro disparos e quatro balas cravaram-se no peito dos cavalos.

Os animais caíram ao chão, arrojando seus cavaleiros longe, que levantaram-se coxeando, visivelmente machucados. Aquela arma era nova para eles e, pelo visto havia causado impacto, pois decidiram pela retirada imediata. E, coisa estranha, quando me vi livre do perigo, o zumbido voltou à minha cabeça, e as estranhas luzinhas brilharam de novo ante meus alucinados olhos. Então, acho que desmaiei.

Um Contratempo Inesperado

Primeiro Capítulo

Mais tarde soube que Flecha Rápida teve a feliz idéia de enviar-me alguns de seus guerreiros para que ajudassem os que estavam na plataforma.

Era mais fácil para o chefe dos nijoras fazê-lo do que para Winnetou, por nos encontrarmos mais perto das rochas do que do bosque, onde estava o apache e os homens que ele comandava. E foram estes homens que aprisionaram Vento Forte, atando-o ao lombo de seu próprio cavalo, e me recolheram também, já que eu estava desmaiado.

Pelo caminho, fui recobrando os sentidos. Transportaram-me até o alto da montanha, onde deixaram-me estendido no solo, junto ao também machucado chefe dos magalones.

Vento Forte era tão importante para nós, que assim que me vi recuperado do tremendo golpe na cabeça, eu mesmo quis vigiá-lo. Por outro lado, não estava em condições de voltar ao combate, e assim, pelo menos, fazia algo útil.

Aquele zumbido na minha cabeça e os pontos de luz que enxergava eram sinais inequívocos de congestão cerebral. E a queda do cavalo tinha sido a causa, certamente. Recordei então que umas compressas de água fria poderiam aliviar a dor.

Calculei que o remédio não seria difícil de aplicar, já que certamente, por ali não faltaria água, mas os pontos de luz não me deixavam enxergar direito.

Houve um instante em que pensei ouvir alguém falando junto a mim, pondo-me instantaneamente em alerta, revólver em punho. Além disso, temia que Vento Forte compreendesse a situação crítica em que eu me encontrava, e tentasse, não só fugir, como também lançar-se contra mim e terminar comigo.

Por fim, com grande alívio de minha parte, percebi que era Flecha Rápida que vinha informar-se como e quem havia capturado seu inimigo, o chefe dos magalones. Ao ver-me naquele estado, quis que eu me retirasse para descansar, o que eu neguei. Naquele momento uma voz fez-se ouvir. Era Winnetou.

— Com quem meu irmão apache está falando?
— Com esses cães magalones.
— E o que está dizendo?
— Para que não oponham resistência, e entreguem-se incondicionalmente.
— Flecha Rápida, fique encarregado da vigilância do chefe dos magalones.

Neste momento levaram Vento Forte, e o deixaram próximo aos cavalos. Ali estava bem seguro. Depois perguntei ao chefe nijora:

— E aquele jovem branco que deixei ao seu lado? Cuidou bem dele?
— Não me separei dele. Meu irmão Mão-de-Ferro encarregou-me de cuidar dele, e eu o fiz, como se ele fosse meu próprio filho. Ele também está aqui, ainda que não tenha permitido que ele participasse do combate.

Minha cabeça continuava a rodar, e ao ver que eu não respondia, o chefe dos nijoras perguntou:

— Quer que o chame?
— Não... Não... Mais tarde. Não quero que me veja assim. Poderia alarmar-se. É Winnetou quem se aproxima com dois índios?
— Sim.

O fato de ter conseguido reconhecer a silhueta de meu amigo demonstrava que minha visão ia melhorando. Sentia a cabeça menos dolorida e as luzinhas pareciam estar-se apagando. A congestão não deveria ser muito grave.

Os dois índios que avançavam com Winnetou eram magalones, guerreiros veteranos, circunstância que me fez adivinhar a sua visita a nossas posições. Permaneceram quietos, a curta distância, enquanto Winnetou continuou avançando. Quando chegou diante de nós, perguntou a Flecha Rápida:

— Quem de vocês disparou primeiro?

Havia um tom severo em sua voz, e um ar de aborrecimento. O chefe dos nijoras respondeu:

— Eu. Pareceu-me o momento oportuno para atacar.

— Havíamos concordado que eu daria o sinal de ataque e que, em todo caso, seria o meu rifle que dispararia, abrindo fogo. Flecha Rápida é um chefe, e é obrigado, mais do que ninguém, a cumprir o acertado.

— Não está contente o meu irmão apache com o resultado da luta?

— Não! Porque há mortos e muitos feridos. Isso poderia ter sido evitado!

— Esses cães magalones o mereciam. Se a sorte estivesse do lado deles, teriam matado muito mais guerreiros meus.

— Pode ser que tenha razão. Mas devia ter cumprido sua palavra! — e voltando-se para mim: — Vi como meu irmão Mão-de-Ferro lutou. Demonstrou mais uma vez seu valor. Mas agora, como está meu irmão?

— Já vou melhorando. Por que está acompanhado pelos dois guerreiros magalones?

— Vieram negociar a paz, mas antes querem falar com seu chefe Vento Forte.

Pouco depois estávamos junto a Vento Forte, que não dava sinal de vida. Winnetou inclinou-se sobre ele e, depois de examiná-lo uns momentos, levantou-se para nos anunciar:

— Sua cabeça deve ter batido contra as pedras, igual aconteceu com meu irmão Mão-de-Ferro. Voltará a si em poucos minutos. Esperemos.

— Devo ter a cabeça mais dura que ele. Já estou em pé Vento forte segue no país dos sonhos.

— Meu irmão deveria descansar — aconselhou-me o apache.

— Não, aproveitarei para ir até o desfiladeiro e ver o que estão fazendo os nijoras que vinham atrás da carruagem. Tenho que enviar um deles até Emery, que ficou no Manancial Sombrio.

— Quer anunciar-lhe nossa vitória?

— Sim, e pedir que se reúna conosco.

Capítulo II

À esquerda, junto a borda do precipício, estavam os magalones, formando três longas filas, cada qual segurando seu cavalo. Ao me verem, cravaram os olhos em mim, mas não mudaram a expressão impassível.

* * *

Depois de enviar um nijora com uma mensagem a Emery, decidi regressar junto a Winnetou. Os dois intermediários magalones haviam-se sentado frente a seu chefe Vento Forte, que continuava inconsciente. Passou-se um bom tempo antes que ele recobrasse os sentidos, e quando o fez, tentou levantar-se imediatamente, mas as amarras o impediram.

Então abriu os olhos, ferozes e inquisitivos, e ao ver-me, perguntou:

— Quem é? Um cara-pálida?

— Chamam-me de Mão-de-Ferro.
— Estou amarrado. Com ordem de quem?
— Minha.

Seus olhos tornaram a fechar-se, como que para conter a indignação que sentia por encontrar-se em tão impotente estado. Mas ao abrir os olhos novamente, seu olhar era mais claro. Havia recobrado o completo domínio sobre si, e novamente olhou-me com firmeza ao dizer:

— Já recordo tudo! Você saltou da carruagem para o chão, e dali, sobre o meu cavalo. Tentou me matar.

— Está enganado, Vento Forte. Só tentei capturá-lo e pode ver que consegui meu intento.

— Sim... Conseguiu! Mas teria preferido a morte. Agora, meus guerreiros não mais me respeitarão.

O chefe dos magalones torceu a cabeça, seus lábios fizeram um gesto depreciativo e ele acrescentou:

— Já se apoderou do meu amuleto?
— Não... Merece conservá-lo.
— Suas palavras me demonstram que não tenho porque envergonhar-me. Sei que Mão-de-Ferro venceu a chefes que jamais haviam sido vencidos por ninguém. Antes eram famosos e continuaram sendo depois. Mas... Você não estava no povoado dos índios yumas?

— Ali estive com Winnetou, na fortaleza asteca.
— E não matou e assassinou a mulheres e crianças yumas?
— Não! Jonathan Melton contou-lhe muitas mentiras!
— Não roubou os yumas?
— Não! Foi ele quem assim o fez.
— Por onde veio?
— Pela Montanha da Serpente.

Contei-lhe o sucedido, sem contudo entrar em detalhes. Vento Forte escutava sem interromper-me uma só vez. Observava-me fixamente, e por fim perguntou:

— Não foi atacado no caminho, por um branco como você?

— Sim.

— Como conseguiu apoderar-se desta carruagem?

— Ela me pertence agora. A mim, a Winnetou e a meus irmãos nijoras.

— Você é valente! Onde está Winnetou?

A voz do apache soou então:

— Aqui.

Vento Forte voltou-se, e contra o que esperávamos, em vez de mostrar-se colérico e altivo, ele disse:

— Winnetou salvou a vida de muitos de meus valentes guerreiros, que foram encurralados em sua armadilha. Eu o escutei gritar, e graças às suas palavras, não se fizeram mais disparos. Para que tinha cercado a plataforma do barranco?

— Para capturá-los como prisioneiros, e evitar uma grande batalha, que resultaria na perda de muitas vidas.

— Como tinham certeza de que iríamos passar por aqui? Quem contou?

— Você mesmo — respondi, para seu espanto. — Pude escutar o conselho de anciãos que celebrou com os seus em Rochas Brancas, em seu próprio acampamento.

Notei que o chefe dos magalones me olhava de uma forma muito particular. Mas não se podia ler em seus olhos o ódio, a vingança, nem nada semelhante.

— Você viu a todos que tomaram parte no conselho de Rochas Brancas?

— Se você está se referindo a este canalha chamado Jonathan Melton, sim.

— Esse cara-pálida assegurou-nos que você e Winnetou eram nossos inimigos e que lançariam os nijoras contra nós. Também disse que assaltaram os yumas, roubando e assassinando suas esposas e filhos. Que eram cães sanguinários!

— Julgue agora por si próprio. A lâmina de alguma faca o tocou? Exterminamos os seus, mesmo que pudéssemos fazê-lo? Não viu que Winnetou ordenou suspender o fogo? Não está vivo e falando conosco? Pois pense em tudo isto, e veja como Jonathan o enganou.

— Sabe onde está este cara-pálida agora?

Por precaução, preferi enganá-lo.

— Deve ter ido reunir-se a sua formosa esposa, Judith, no povoado dos yumas, na fortaleza asteca.

A resposta o satisfez. Minhas palavras o faziam supor que Melton e seus cinqüenta guerreiros magalones ainda poderiam ajudá-lo, já que não tinham sido vencidos e nem aprisionados. Depois tornou a falar:

— Por que se encontram aqui dois guerreiros da minha tribo?

— Vieram discutir as condições para que possa recobrar a liberdade.

— Condições? Quem quer impor condições aos magalones?

— Nós, já que somos os vencedores, temos direito a fazê-lo!

— Direito?

— Sim, Vento Forte. Saiu de seu povoado para lançar-se contra os nijoras. Mesmo tendo sido enganados por Melton, vocês lançaram-se contra nós, e foram vencidos.

— Eles queriam nos atacar! Roubar nossas esposas e crianças... Apoderarem-se de nossas donzelas! E tirar-nos toda nossa riqueza! Queriam nos exterminar!

— Mentiras!

— Pois se meu povo foi enganado e vencido, justo é que sofram seu castigo. A morte não assusta a Vento Forte.

— Concordo, mas se a você não assusta a morte, a muitos dos seus sim. E digo-lhe que suas esposas, seus filhos, seus anciãos e toda a sua tribo, não merecem tão duro castigo. Parece que não pensa nisso tudo, e que com suas palavras cheias de coragem, mas também de orgulho e soberba, decide o destino de todo o seu povo.

— Sou o chefe!
— Realmente, mas Winnetou e eu decidimos outra coisa. Suas vidas serão respeitadas.

Resmungou confuso, fazendo uma pausa antes de perguntar:

— E nossos amuletos?
— Poderão conservá-los.
— Podemos regressar a nosso acampamento? A Rochas Brancas?
— Poderão fazê-lo.
— Pois então corte estas amarras. Reunirei os meus e partiremos imediatamente.
— Antes, escute-me. Conseguimos que os nijoras respeitem suas vidas e amuletos, mas as outras condições não dependem de Winnetou nem de mim.
— De quem então?
— Dos nijoras! Seu chefe, Flecha Rápida, decidirá.

Capítulo III

Disse aquilo olhando para o chefe dos nijoras que, visivelmente satisfeito, inchou o peito sobre os braços cruzados. Flecha Rápida havia assistido à nossa conversa sem dignar-se a emitir um só ruído.

Diante dele estava o chefe dos magalones, contra o qual havia lançado seus guerreiros, agora vencedores. Podia, e ninguém conseguiria evitá-lo, tomar as decisões que quisesse. Ali, era ele forte agora, apoiado em todos os seus homens, que mantinham-se na expectativa do que o chefe iria decidir.

Uma ordem sua, um só sinal, e eles obedeceriam.

Mas tanto meu bom amigo Winnetou quanto eu, contávamos com a ascendência que tínhamos sobre Flecha Rápida. Jamais havia visto o chefe de todas as tribos apaches tomar uma decisão injusta. Nunca ninguém havia falado mal de Winnetou, e muito menos entre os índios.

E quanto a mim...

Devo dizer, sem falsa modéstia, que o nome de Mão-de-Ferro era também muito respeitado entre os índios.

Havia muitos anos que estava entre aqueles homens quase primitivos. Anos compartilhando suas aventuras e desventuras. Mil vezes cavalguei junto a Winnetou, e muitos combates ganhamos, e era isto que fazia com que minha opinião também tivesse peso.

Ainda que minha pele fosse branca. Ainda que eu fosse um "cara-pálida". Ainda que pertencesse à raça que mais odiavam e que, pouco a pouco, iam tomando-lhes suas queridas pradarias, seus campos de caça e seu próprio mundo.

Minha atitude agradou a Flecha Rápida, que assim manifestou-se:

— Winnetou, o grande chefe das tribos apaches, e seu irmão Mão-de-Ferro, o mais célebre de todos os exploradores e guerreiros das pradarias, são meus amigos e irmãos. Seus corações têm a bravura dos pumas, mas também são generosos. Sabemos que não gostam de derramar o sangue dos homens, nem que o véu da tristeza encubra seus rostos.

Eu estava em suspenso com o que o índio dissera. Mas também disposto a discutir com ele se, depois daquele preâmbulo elogioso para o apache e para mim, dissesse algo que não fosse justo ou inaceitável. Mas quando ele continuou falando, minhas dúvidas desapareceram.

— Flecha Rápida procurará agir como Winnetou e Mão-de-Ferro, como prova de sua gratidão pela valiosa ajuda e por seus sábios conselhos. Fumei o cachimbo da paz com os dois, e por isso agirei assim. Mas quero examinar justamente os acontecimentos. Os magalones queriam nos atacar, matar meu povo e levar nossas riquezas. Tudo quanto possuem os nijoras! Não o conseguiram, e em lugar disso, nós os vencemos. Essa vitória não nos custou rios de sangue, porque a armadilha estava bem preparada. Mas se não fosse assim...

Voltou a interromper-se, possivelmente satisfeito com o seu discurso, e que todos estivéssemos em suspenso por conta de suas palavras.

— Essa é outra questão, mas meu espírito, inclinado à benevolência, só exige dos vencidos suas armas e... seus cavalos.

Ao ouvir isto, sabendo o que significava para uma tribo de peles-vermelhas ficar sem seus cavalos, temi a reação de Vento Forte, que protestou:

— Isso não é possível!

— Silêncio, chefe dos vencidos! Está falando o chefe dos vencedores! — gritou enfaticamente Flecha Rápida.

— Mas é que...

— Se Vento Forte não aceita sua derrota nem as condições que os nijoras impõem... Será pior! Então tudo nos pertencerá, inclusive suas vidas!

Mas hábil e diplomático, o chefe dos magalones não se assustou, e rebateu a seu inimigo:

— Flecha Rápida não pode deixar de cumprir sua palavra, e disse a Winnetou e Mão-de-Ferro que respeitaria nossas vidas e nossos amuletos.

Percebi que, se as negociações continuassem naquele pé, não se chegaria a nenhum acordo. Por isso tornei a intervir, dando a entender aos magalones que eles não estavam em condições de protestar, ao que o seu chefe contestou:

— Mão-de-Ferro sabe que as condições são muito duras! O que faremos sem cavalos?

— Viver em paz, confinados em seus territórios, e trabalhar. Não empreender mais arriscadas expedições de guerra contra outras tribos, enrolados pelas mentiras de caras-pálidas como Jonathan Melton.

— Essa é a última palavra de Mão-de-Ferro? — disse o magalone.
— Sim.
— Concede-me tempo para pensar em tão grave decisão?
— Basta a metade do caminho do sol?
— Basta.
— Pois pode, durante esse tempo, deliberar com os seus guerreiros que estão aqui. Será desamarrado, mas antes exijo que entreguem as armas.
— Não posso dar-lhes essa ordem. Seria o mesmo que ficarmos à mercê do vencedor!
— Dou-lhe minha palavra que serão devolvidas.

Vento Forte tornou a olhar-me de forma estranha e disse:
— Mão-de-Ferro sabe também lutar com a palavra. Sempre encontra razões justas. Mas recorde que deu sua palavra. Voltarão meus bravos a serem donos de suas armas, antes que anuncie minha decisão?
— Winnetou também dá sua palavra — disse o apache.

Vento Forte foi desatado, para que pudesse conferenciar com seus dois guerreiros. Quando se viu livre das amarras sacudiu seus sofridos pulsos, dizendo-me:
— Devia ter nascido com a pele cor de cobre como nós. Você não é como os outros caras-pálidas!

E então dirigiu-se até seus homens, ordenando-lhes que transmitissem a seu povo nossa ordem para entregarem as armas.

Todos sabíamos que os homens de Vento Forte o obedeciam cegamente...

O Irmão de Maria Vogel

Capítulo Primeiro

Os magalones foram depositando suas armas no chão. Havia fuzis, velhas escopetas, rifles, facas, flechas, lanças e machadinhas de pedra dura e confecção primitiva. Vinte guerreiros nijoras vigiavam aquele precioso tesouro, alertas para que ninguém se aproximasse dali.

Enquanto isso, os dois guerreiros magalones voltaram a reunir-se com seu chefe para deliberarem. Sentaram-se junto a ele, e nós nos afastamos, mas deixando ali sentinelas que tinham ordem de disparar ao menor movimento que indicasse uma tentativa de fuga dos três inimigos.

Eu sempre sustentei que os povos se submetem voluntariamente ao império de quem trata os vencidos não como inimigos, mas como irmãos. Nada nos custava sermos nobres com os magalones que, no final das contas, haviam desencadeado a guerra mais por causa dos embustes e mentiras de Melton, do que por um afã de vingança e lucro. Seu ato foi mais de defesa, ao supor que seriam atacados e aniquilados.

Enquanto a deliberação continuava, eu fui ao encontro do irmão de Maria. Fazia tempos que não via o jovem Franz Vogel, o qual havia deixado sob os cuidados de Flecha Rápida, por dois motivos: para proteger sua vida, e evitar os perigos de nossas correrias, e para que, por sua vez, vigiasse o velho Thomas Melton, pai de

Jonathan, que havia caído prisioneiro quando nós atacamos a fortaleza asteca de Judith, no povoado dos yumas.

O próprio Flecha Rápida teve que guiar-me, enquanto Winnetou ficava encarregado daquele acampamento improvisado, que podia, de um instante para outro, voltar a converter-se num tremendo campo de batalha.

Não existia nenhum caminho naquelas pedregosas alturas da plataforma, motivo pelo qual tivemos que ir trepando de pedra em pedra, avançando lenta e trabalhosamente.

Ao chegarmos, vi os cavalos dos nijoras vigiados por alguns guerreiros jovens e, ao aproximar-me mais, pude distinguir amarrado no chão um homem. Era o velho Thomas Melton, nosso prisioneiro. Junto a ele, a poucos metros, estava outro homem branco: era o violinista Franz Vogel, que havia se convertido no infatigável guardião daquele velho delinqüente. O jovem, ao nos ver chegar, correu ao nosso encontro.

— Que alegria! Por fim volto a vê-lo! — gritou alegremente. — Mas, por favor, conte-me tudo! Está tudo terminado?

— Por enquanto sim, Franz.

— Eu acreditava que um combate entre centenas de homens deveria durar mais!

— Quando o terreno está bem preparado, como ocorreu neste caso, não acontece assim. Agora está se combinando o armistício.

— Quanto tempo demorará para combinarem isto?

— Calculo que umas quatro horas ou mais. É o tempo que oferecemos a Vento Forte. E agora vou lhe dar notícias que o alegrarão!

— Sobre o combate com os índios?

— Não, Franz, sobre sua irmã.

— Minha irmã? Isto é extraordinário! Mas como pode ter notícias de Maria, aqui neste lugar?

— Acalme-se um pouco, que vou lhe contar tudo.

Com um gesto ele convidou-me a sentar junto com ele, sobre a relva, lançando um olhar de soslaio para o prisioneiro Thomas Melton, que estava suficientemente distante para não escutar o que dizíamos.

— Além disso, receberá outra visita.

— De quem?

— De um cavalheiro. Um tal de Afonso Murphy.

— Murphy?... Murphy?... Não é o advogado de Nova Orleães?

— Ele mesmo. E, segundo ele, o testamenteiro de seu defunto tio Hunter.

— E o que ele quer comigo?

— Ele mesmo irá lhe dizer. Além disso, sua viagem com Maria resultou completamente inútil.

— E para que esse homem trouxe Maria até aqui?

Em poucas palavras contei-lhe o ocorrido, sem entrar em detalhes, pois não havia tempo para isto.

— A segunda surpresa também vai ser muito agradável para você, meu amigo.

— Não pode ser. O mais agradável de tudo é saber que minha irmã está a salvo, graças a você.

— Compreendo, mas isto que vou lhe dizer também é importante.

Tirei do meu bolso uns documentos, entregando-os ao jovem Vogel.

— O que é isto?

— Os documentos pelos quais, você e Maria, passarão a ser os legítimos herdeiros da fortuna que devia ser de seu primo Small Hunter..., assassinado por este canalha do Thomas Melton. Portanto, agora...

Tinha-se que ver o olhar que o jovem Vogel deu para aqueles documentos. Seu espírito deixou-se luzir por inteiro, naquele momento, em seus olhos.

Maquinalmente levantou-se, e ficou diante de mim, com os lábios convulsos, como se quisesse dizer algo

que não conseguia. Por fim, olhando-me com os olhos cheios de lágrimas, perguntou-me:
— Isto vem de... Jonathan Melton?
— Sim, já lhe coloquei a par de como entrei no acampamento dos magalones quando ele estava conferenciando com Vento Forte para lançá-lo contra os nijoras.
— Vejo que se trata realmente de toda a fortuna de nosso tio Hunter.
— Assim é.
— E agora... tudo... tudo isto pertence a Maria e a mim?
— Naturalmente, Franz. Tudo!
— E posso... posso guardar estes papéis e documentos?
— Pode fazê-lo, mas tenha em conta que são valiosos e que custamos para recuperá-los.
— Não me atrevo a tê-los em meu poder. E se os perder?... Continue guardando-os! Eu lhe suplico!
Aceitei sua súplica, compreendendo que tinha razão. O bolso de um jovem como ele, violinista e excelente artista, mas sem força, conhecimento e experiência necessária, não era o lugar mais seguro para guardar vários milhões de dólares.

Capítulo II

Estávamos bem, sentados ali na grama e, na realidade, eu precisava de um bom descanso. Foi esta a desculpa que busquei para continuar falando com o jovem Franz, colocando-o a par de outras coisas e ajudando-o a acalmar a agitação que sentia por aquela repentina mudança de fortuna. Porque nem todo mundo pode suportar com serenidade o converter-se em milionário em um abrir e fechar de olhos...
Assim é que fiz-lhe um relato detalhado de tudo, e quando terminei, o jovem disse:

— Estou pensando em algo que, de antemão, desejo que o senhor aceite.

— Diga, Franz.

— Recuperar estes documentos e este dinheiro que guarda seu bom amigo Emery, não só custou-lhe muito trabalho, fadigas e perigos, como também esteve em muitas ocasiões, a ponto de perder sua vida.

Eu o olhei com estranheza, e ele continuou falando:

— Por favor, rogo-lhe que não me interrompa. Eu não sei o que minha irmã pensará, mas, por minha parte, desejo compartilhar com o senhor esta fortuna que, graças ao seu esforço, somente a isto, agora será nossa.

Sorri abertamente, recusando:

— Eu agradeço este gesto nobre, Franz. Acredite que agradeço-lhe de alma, mas não posso aceitar.

— Por que não?

— Não quero ofendê-lo, ao recusar, meu rapaz. Mas é melhor assim.

— Mas é que eu... Eu...

-Deixemos isto de lado, está bem?

E buscando uma desculpa, acrescentei:

— Agora vou dar uma olhada neste velho safado do Thomas Melton. Como ele tem se portado?

— Não abriu a boca, mas acho que algo o atormenta.

— Claro que sim! Não só matou Small Hunter como também seu próprio irmão, Henry Melton!

— Deve ser isso, mas o caso é que não abriu a boca para nada.

— Não falou nem com você?

— Não, apesar de ter estado sempre junto a ele. Unicamente quando dorme, grita ou se lamenta, como se algo lhe doesse.

— Deve ser o remorso, pesando em sua consciência.

Thomas Melton não havia podido escutar nenhuma de nossas palavras, e quando me viu, olhou-me tão es-

pantado como se estivesse vendo um fantasma. E sua saudação não foi nem um pouco afetuosa:

— O alemão! O condenado alemão que está sempre em todos os lugares! Maldito seja mil vezes!

— Acalme-se, velho. Já vejo que se alegra muito em tornar a ver-me. Não é assim, senhor Melton?

Fez um enorme esforço para dominar sua ira, dizendo com voz rouca:

— Viu meu filho?

Menti cinicamente, para ver sua reação:

— Não, não tive este prazer! Mas desejo vê-lo.

— Não queira me enganar, não tem porque desejar isto, porque quando o ver, ele destroçará seu crânio com uma bala.

— Verdade?

— Sim! Meu filho o matará como a um cão!

Não quis continuar alimentando aquelas vãs esperanças, e disse:

— Dentro de poucas horas você poderá ver os magalones e seu querido filho Jonathan. Mas na qualidade de prisioneiros!

Ele então quedou-se perplexo, aniquilado diante das minhas palavras, só conseguindo balbuciar:

— Prisioneiros? Prisioneiros? Meu filho Jonathan nas mãos de... Ora! Quer me enganar, mas não irá conseguir!

— Convença-se disso, Melton. Vocês não são mais um perigo para nós.

— Mil demônios! Não é verdade o que diz. E que me importa se prendeu os magalones? Pode degolá-los todos, se quiser!

— Vejo que não mudou em nada.

— Deixe Jonathan em paz! Faria melhor em se preocupar com outras coisas.

— A que se refere?

— A algo que pode interessar-lhe, se aceitar minha proposta.

— Fale.

— Vou pedir-lhe um pequeno favor, um insignificante serviço que nada lhe custará, prometendo-lhe, em troca... uma recompensa esplêndida!

Ele me viu sorrir, então gritou furioso:

— Dar-lhei toda espécie de garantia! Tenha em conta que só me concederá este favor que digo, depois de receber o prêmio.

— Está bem, está bem... Colocando-se assim, esta proposta merece ser escutada. Que tipo de favor me pede?

— Que me deixe livre e devolva o dinheiro que encontrou em meu poder.

— Nada mais? Está me pedindo uma fortuna e a liberdade... Já vejo que o favor que me pede é pequeno, realmente. Não quer mais nada, senhor Melton?

— Deixe de zombarias! Estou falando sério!

— E eu também, acredite-me! Muito sério. Ainda que o senhor pareça delirar.

— Escute. Em troca eu lhe ofereço milhões. Milhões, escutou bem?

— Bom, bom... E receberei estes milhões que diz, antes de cumprir minha promessa para com você?

— Isso mesmo. Nada mais seguro, hein? Está vendo que estou jogando limpo.

— Com efeito, quase estou começando a crer que o julguei mal.

— Ofereço-lhe esta oportunidade.

— Estamos de acordo. Assim que receber estes prometidos milhões, eu o deixarei livre e receberá o dinheiro que pede.

— Não está brincando comigo?

— Absolutamente. A partir do momento em que ficar livre, não me ocuparei mais do senhor. Palavra!

— Bem, falemos com franqueza. Está certo que os magalones renderam-se incondicionalmente?

— Exatamente.
— Inclusive meu filho?
— Inclusive ele.
Refletiu por alguns instantes.
— Bom, é certo que Jonathan é meu filho, mas portou-se como um canalha comigo. Dividiu o dinheiro da herança que roubou, e pegou a maior parte para desfrutar com aquela Judith. Eu tive que me conformar com uma miséria. Assim, pois, merece um castigo. Escute bem minhas palavras. Jonathan leva consigo uma volumosa maleta de couro. Dentro dela há uma carteira. Aí estão guardados os milhões!
— Ora, ora! — exclamei, fingindo estar espantado. — Tem certeza do que diz?
— Não tenho a menor dúvida!
— Pois eu agradeço-lhe esta valiosa informação, senhor Melton. Mas recorde-se do que pactuamos, só quando eu conseguir este dinheiro que seu filho tem consigo, é que cumprirei a minha palavra e o deixarei em liberdade.
— Eu sei.
— Mas ocorre-me uma coisa. O que será de Jonathan? Seu filho pode perder a vida.
Sua resposta deixou-me assombrado. Não podia conceber tanto cinismo na boca de um pai:
— Ninguém escapa a seu destino e nada posso fazer por ele. Digo-lhe que Jonathan me enganou, obrigando-me a me contentar com uma quantia ridícula, comparado ao que ficou com ele. Renego meu filho, e me é indiferente o que pode lhe acontecer. Se o matarem, pior para ele.
As palavras daquele canalha me deram asco. Então decidi terminar com aquele jogo estúpido de enganos e disse-lhe:
— Temo que vá ficar sem sua tão sonhada liberdade, e sem o dinheiro.

— Como? Não vai cumprir sua palavra? Nunca pensei que você fosse capaz disso!
— Acontece que já estou com este dinheiro em meu poder.
— Mentira! — gritou.
Quando lhe mostrei os documentos, o rosto daquele homem transformou-se numa máscara horrível. Seu semblante ficou desfeito, e começou até a babar, tamanha sua raiva. Parecia que seus olhos iam saltar das órbitas. Levantou-se bruscamente, o tanto quanto lhe permitiam as amarras. Sua voz era puro ódio ao gritar:
— É verdade, cão! É... é verdade! Estes papéis estavam na carteira de meu filho... Estavam ali!
— Exatamente... Como disse bem, estavam! Agora, não estão mais!
— Você vem do inferno! Sabe quem é você? Satanás! O diabo em pessoa! Cão!
— Deixe de blasfemar, não diga mais bobagens — disse, quase sentindo pena daquele desgraçado. — E já que fala de Satanás, eu lhe direi que seu irmão Henry disse o mesmo a seu respeito, chamando-o também de Judas. Assassinou seu irmão e agora quer trair seu próprio filho.
Claro que ele nem me escutou. Continuou gritando seus insultos, maldizendo e blasfemando. Mais que um homem, parecia uma fera, ou um louco.

A Chegada do Inglês

Capítulo Primeiro

Afastei-me dali para não me irritar mais ainda com a presença do prisioneiro que, apesar de estar amarrado, contorcia-se pela relva com todas as suas forças.
— Esse homem me dá medo — disse o rapaz.
— Compreendo, homens com esta capacidade para a maldade, realmente são raros.
— Não é somente isto. É que... Você escutou como ele blasfema? Eu diria, se a comparação é possível... que ele o faz com arte!
Estávamos um pouco mais afastados do prisioneiro, quando Franz me perguntou:
— Permite que eu o acompanhe?
— Não, Franz, é melhor que fique aqui. Estes jovens nijoras que vigiam os cavalos são ainda inexperientes. Não convém deixá-los sozinhos com o prisioneiro, para que não cometam um erro. Por outro lado, a situação atrás destas rochas não está muito certa, e pode ser que a luta recomece.
— Mas o armistício não foi discutido?
— Sim, mas não sabemos ainda no que resultará.
— Creio... creio que o senhor me toma por um covarde — disse ele, cabisbaixo.
— Nunca pensei isso de você, Franz! Por que está dizendo isso?
— Já não quis que eu o acompanhasse quando me deixou no acampamento dos nijoras, e agora teme que voltem a combater e eu esteja presente.

— Não tenho direito a expô-lo às balas, rapaz. Não se esqueça de que tem uma irmã para cuidar.

Minhas palavras pareceram convencê-lo, e sem mais protestos, ele me obedeceu, ficando ali para vigiar o prisioneiro. Olho Perspicaz e seu irmão, o grande chefe Flecha Rápida, pareciam discutir algo quando cheguei junto a eles e, para não interrompê-los, fiquei a uma certa distância. Do alto das rochas pude ver Winnetou vigiando as armas dos índios magalones.

Ao longo do bosque e entre as rochas, viam-se índios nijoras comendo ou descansando. Aquilo despertou meu apetite e em pouco eu também estava comendo um pedaço de carne e pão de milho ao lado de meu amigo apache.

O tempo foi passando, e um dos nijoras aproximou-se para comunicar-nos que Emery não demoraria. Ao escutar isso, dirigi-me até Flecha Rápida:

— Vinte de seus homens montam guarda junto a essas armas dos magalones. Creio ser conveniente que reforce os sentinelas.

O chefe nijora parou de comer, olhando-me alarmado:

— Mão-de-Ferro acha que esses magalones vão tentar voltar a empunhar suas armas?

— Não.

— Então, porque meu irmão me pede que reforce os sentinelas?

— Porque meu amigo Emery vai chegar com mais magalones, todos os que fizemos prisioneiros em Águas Profundas e Manancial Sombrio. É muito possível que sua chegada produza certa agitação entre seus irmãos. E devemos evitar novas lutas.

Aprovou com a cabeça e enquanto ele se encarregava de reforçar a guarda, eu me dirigi até onde estava Vento Forte, ao qual disse:

— Logo terminará o prazo que concedemos para que deliberasse. Já chegou a algum acordo?

— Ainda não — disse Vento Forte. — Necessitamos mais tempo. Não poderia prolongar um pouco mais o prazo?

— Vento Forte, você é astuto, mas não tanto para que me engane. Já teria aceito o acordo, se não aguardasse o socorro de quem não pode mais ajudá-lo.

— Não sei do que está falando Mão-de-Ferro.

— Dos dez guerreiros que esta mesma manhã deixou no Manancial Sombrio.

— Vimos que trazia o carro onde viajava a mulher branca e o cara-pálida. Isso nos indica que meus dez homens caíram em seu poder.

— Sim, mas ainda assim ficam outros cinqüenta que estão sob o comando de Jonathan Melton.

— Como sabe disso?

— Esses cinqüenta guerreiros tinham a missão de acabar com Winnetou e comigo, mas em Águas Profundas nós os surpreendemos e agora são também nossos prisioneiros. Assim é que... não alongue mais isto, nem espere receber ajuda.

— Mas... onde estão todos esses prisioneiros? Você e Winnetou estão aqui, mas não vejo meus guerreiros em parte alguma.

— E a um chefe como você, pareceria prudente entrar em combate levando numerosos prisioneiros?

— O que fez com eles? — exclamou, alarmado.

— Nós os deixamos no Manancial Sombrio, vigiados por um bom amigo meu e alguns dos nijoras. Não tardarão a chegar e então poderá vê-los!

Capítulo II

Não havia terminado de falar quando mostrei a Vento Forte:

— Olhe! Estão chegando!

Eu havia visto Winnetou sair de entre as árvores, levantando o braço para fazer-me o sinal que havíamos combinado.

E ele então gritou, com sua voz potente, chamando a atenção de todos os presentes:

— Ouçam todos os guerreiros magalones as palavras que vai dizer Winnetou!

Fez-se um silêncio absoluto e o apache continuou:

— Vão chegar outros irmãos seus, que também são nossos prisioneiros. Aquele que permanecer em paz, como até agora, nada tem a temer, mas aquele que tentar sair, ou mover-se... receberá uma bala!

Vento Forte e seus guerreiros haviam corrido até onde eu estava, perguntando-me ansiosamente:

— Isso é certo?

— Você poderá comprovar por si mesmo. Os rifles dos nijoras não deixarão de vigiar os seus. Se tentarem algo, o que Winnetou disse irá se cumprir.

Deve ter me acreditado, porque ele ordenou a seus homens que nada tentassem.

Minutos mais tarde vimos aparecer sir Emery Bothwell, à frente de uma longa coluna. Levantei-me de um salto e levantando os braços, fiz sinal para que ele me visse. Não o consegui, e tive que gritar:

— Emery! Estou aqui!

Finalmente ele me avistou, apesar da distância, e também levantou o braço, devolvendo a saudação. Alguns nijoras o seguiam, divididos em três grupos, no centro do qual cavalgavam, tristes e mal-humorados, os magalones prisioneiros.

A presença daqueles novos derrotados foi acolhida na plataforma com um profundo silêncio, mas ninguém tentou ou disse nada, pois a situação não era nada favorável para os vencidos.

Os prisioneiros recém-chegados tinham o queixo enterrado no peito, tamanho era o desalento. Eu, em seguida, busquei a um deles: Jonathan Melton. Junto a mim, Vento Forte acompanhava a cena sem perder um só detalhe. Compreendia que suas últimas esperanças haviam-se perdido. Então, eu lhe perguntei:

— Insiste em pedir que prorrogue o prazo para seguir deliberando?

Antes de responder, olhou seus homens, seus bravos guerreiros, agora à mercê de seus inimigos, os nijoras.

— Não... Para que, Mão-de-Ferro?

— Está bem. Já temos suas armas, agora devem entregar as munições e os cavalos. Winnetou cuidará para que tudo transcorra em ordem; depois, ao ficarem livres, abandonarão a plataforma em direção ao Manancial Sombrio. Algumas horas depois que tiver saído daqui o último de seus guerreiros, enviarei alguns nijoras para explorar o terreno.

— Para que? — quis saber.

— Cada magalone que encontrar escondido, morrerá. Não se esqueça de dizer isso a seus homens!

Depois de minha severa advertência, fui falar com Winnetou, combinando com ele como e de que maneira iriam transcorrer as coisas. Eu estava muito cansado e a cabeça continuava a me doer, assim é que decidi deixar tudo em suas mãos, além disso, eu queria ver Maria e dizer-lhe que seu irmão Franz encontrava-se são e salvo.

Exatamente como eu havia lhe prometido.

Capítulo III

Maria Vogel estava cansada depois da longa marcha, mas ao ver-me sorriu docemente, exclamando:

— Graças a Deus que eu o encontro são e salvo!

— Não de todo, me deram um bom golpe na cabeça.

— Seria conveniente que descansasse.

— Eu o farei, quando me explicar tudo o que ocorreu neste tempo em que não nos vimos.

— Nada de particular — respondeu ela. — E se está se referindo ao advogado Murphy, pois...

— Mostrou-se impertinente com você?

— Não, mas está muito aborrecido porque não estou mais falando com ele. Irritou-me que dissesse tudo aquilo!

Guardou silêncio uns minutos, mas logo acrescentou, olhando-me diretamente nos olhos:

— Agora é o senhor quem tem que me explicar tudo o que aconteceu!

— Mais tarde, porque primeiro quero mostrar-lhe algo! Venha!

Ajudei-a a subir ao ponto mais alto da plataforma, e ali mostrei-lhe seu irmão, que continuava junto a Thomas Melton.

— Olhe ali, Maria! É seu irmão!

Ela deu um grito de alegria e correu em busca de seu irmão.

— Franz! Franz! Sou eu.

Chegaram aos meus ouvidos os gritos de alegria de Franz, que ao ver a irmã, também correu em sua direção. Abraçaram-se, enquanto o rapaz rodopiava com a irmã nos braços, que não conseguia deixar de rir e beijar o irmão. Achei melhor deixá-los sozinhos, descendo para a planície; ali, o advogado Murphy veio ao meu encontro. Em seu rosto, um pouco mais queimado de sol, havia uma expressão sombria e, sem se corrigir, apesar do golpe que recebeu de meu punho, por sua impertinência, me disse:

— Vi que afastou-se com a senhora Werner. Onde deixou a mulher?

— Vou responder sua pergunta com outra pergunta, senhor Murphy: por que me pergunta?

— Primeiro, porque não quero que nada de mal possa ocorrer com Maria... — emendou-se no mesmo instante: — Quero dizer, a senhora Werner. E segundo, porque desejo dizer-lhe algo, já que talvez não se repitam nossos encontros.

— Fale! — disse, também mal-humorado.

— Continua sem aceitar que sou eu o testamenteiro dessa herança?

— Olhe, senhor Murphy... A senhora Werner já teve várias ocasiões para apreciar o que vale sua "proteção". Uma delas, quando tão imprudentemente entregou sua fortuna a esse usurpador do Melton; outra, quando os magalones os atacaram, e o senhor nada fez para defendê-la, e por último, a desagradável cena de pouco tempo atrás. Por certo — acrescentei — o senhor conhece bem o testamento. Sabe se o velho Hunter deixou também imóveis?

— O que o senhor entende por imóveis?

— Por exemplo, terras de lavoura, terrenos, hipotecas sobre o capital emprestado, ações, etc... Em uma palavra, tudo o que se compreende por esta palavra.

— Não tenho que dar-lhe conta de nada — grunhiu.

Uma vez mais, compreendi que com aquele sujeito era impossível ter-se uma conversa séria, sem que ele se ofendesse de alguma maneira. Por isso, resolvi amarrá-lo, mas Murphy reagiu como um animal acuado.

— Quieto! — gritei. — Ou quer que volte a derrubá-lo com um soco outra vez? Saiba que aqui não estamos na sua elegante Nova Orleães, onde o senhor pode fingir ser um eminente letrado. Aqui regem outras leis, que vou ensinar-lhe agora!

Para demonstrar que eu realmente o faria, levantei-o e o deixei cair ao chão com tamanha violência que, por pouco, o homem perde a respiração. Com a corda de meu laço atei-lhe as mãos sobre o ventre e o outro extremo da corda amarrei na sela de um cavalo que estava próximo de nós, e no qual montei.

No princípio, forçando as pernas, ele conseguiu me seguir; mas quando fiz o cavalo trotar, o infeliz advogado caiu e foi arrastado pelo chão, começando a gritar e a lamentar-se:

— Basta! Basta! Eu direi o que quiser! Não posso mais!

Detive o cavalo, levantei-o com um safanão e disse:

— Você escolhe, mas na primeira negativa, volto a galopar!

Furioso e empoeirado, ele gritou:

— Já disse que irei responder! Mas não se esqueça que, se alguma vez o pegar em Nova Orleães, eu o denunciarei, e você será castigado por esta selvageria.

— Estamos de acordo, senhor Murphy. Prometo oferecer-lhe esta ocasião assim que me seja possível, já que me proponho a levar os Melton para lá, e como esta tarefa também lhe cabe, em parte, poderá apresentar então a sua queixa. Não lhe ocultarei que o mais provável é que os juízes não dêem importância a isto, já que têm tanto trabalho com a quantidade de ladrões que há por ali.

Dei outro forte puxão na corda, e disse:

— Mas agora, vamos ao que importa: o velho Hunter deixou bens imóveis, sim ou não?

— Sim: há uma lista que consta no testamento e nas atas judiciais.

— Pois cuide bem para que esta lista não se perca, senhor advogado. Se isso acontecer, pode ser que em Nova Orleães, ao invés de laçá-lo pelos braços, eles o façam pelo pescoço.

— Você me ameaça quando não posso me defender.

— Outra coisa: como é natural, Jonathan Melton terá convertido em dinheiro esses imóveis, não é assim?

— Sim.

— Mas estou pensando que, para vendê-los tão rapidamente como teve que fazer, deve ter sido por uma miséria. Pode dizer-me o nome do comprador?

Ele não disse nada, guardando silêncio; mas ao ver que eu voltava a pegar as rédeas, pronto para galopar novamente, gritou:
— Não! Não! Eu fui um dos compradores.
— Já sabia! E além disso, serviu de intermediário para outros compradores, não?
— Exatamente.
— Quem vendeu esses bens?
— Jonathan Melton.
— Essa venda é válida, senhor advogado?
— Ora, não... Claro que não, agora que já se descobriu que ele não é Small Hunter.
— Dá gosto de escutá-lo, quando está amarrado e pode ser arrastado por um cavalo. Esses bens devem ser devolvidos, ficando as coisas como antes de ter lugar esta venda absurda!
— E sobre quem recaem as perdas?
— Sobre os compradores, naturalmente.
— Neste caso, ficarei completamente arruinado!
— Isto não me importa nem um pouco, senhor Murphy. Eu lhe asseguro. Ainda que tema que volte a enriquecer, dedicando-se como está a semelhantes negócios.

Desmontei e desamarrei aquele safado, que usava sua carreira para enganar os outros. Ao ver-se livre, correu para longe, fugindo de mim. Só então aproximei-me de Melton, que estava estendido no chão e, lógico, bem amarrado.

Capítulo IV

As pontas começavam a ser amarradas naquela longa e feia história da herança do pobre Small Hunter.

A confissão do advogado Murphy não me surpreendeu muito, já que ninguém melhor que ele, como testamenteiro, teria podido vender as propriedades para que Melton pudesse escapar rapidamente, com a enorme fortuna convertida em dinheiro. Até cabia pensar que, ao aparecer Jonathan Melton em Nova Orleães, reclamando a herança de Hunter, o advogado não tenha feito muito caso em investigar sua verdadeira personalidade.

Fosse assim ou não, o advogado também havia sido finalmente desmascarado, e se iria ficar arruinado ao devolver o que de direito pertencia aos Vogel, seria este um castigo justo pela sua deslealdade, ao usar seu cargo para obter vantagens.

O rosto de Jonathan Melton ainda estava bastante inchado, como conseqüência de sua briga com Murphy. Quando ele me viu, virou-me a cara, mas não pôde evitar que eu me sentasse junto a ele, para dizer:

— O grande combate terminou. Os magalones abandonaram o campo, deixando-o em nosso poder. Diga-me: ainda tem alguma esperança de escapar de minhas mãos?

— Não só tenho esperanças de ver-me livre, mas também de recuperar o dinheiro que me roubou.

Judith não estava muito longe dali, também amarrada. Pude distinguir um brilho de alegria em seus olhos negros, grandes e expressivos, notando uma troca de olhares entre ela e Jonathan.

Confesso que os últimos acontecimentos haviam-me feito negligenciar meus prisioneiros mais importantes. Quis saber como eles estavam:

— Seus índios yumas partiram com os magalones, Judith. Estou certo de que estão indo para o seu povoado, para a sua fortaleza asteca. Não seria melhor ir com eles?

O olhar de interrogação que me lançou era cheio de significado. Deve ter compreendido que minha proposta não encerrava um fundo amistoso, vendo-se que ela não conseguia compreender meus propósitos ao falar assim.

— Concederia-me liberdade para acompanhá-los?
— Pode ser. Considero que teve o seu merecido castigo. Poderia entregá-la para a justiça, mas isso seria arruinar sua vida para sempre. Está livre, e por mim pode fazer o que quiser, seja ir embora com os yumas ou não.
— Ficarei! — exclamou, surpreendendo-me. — Sou noiva de Jonathan. Aonde ele for, eu também irei.
— Ora, ora, amiga! Você merece chamar-se Ruth, mas, infelizmente, chama-se Judith. Não faz muito insultavam-se e ele até tentou matá-la, jogando-a na laguna. E hoje... Não quer separar-se! Esta repentina mudança de sentimentos deve ter alguma causa.

Insolentemente, ela replicou:
— Adivinhe. Se você é tão esperto como dizem, pode fazê-lo.

Um pouco aborrecido, respondi calmamente:
— Quando acreditou que o dinheiro estava no fundo da laguna, seu amor por Jonathan evaporou-se como por encanto. Agora que sabe que o dinheiro está em poder do jovem Franz Vogel, pensa que pode roubá-lo novamente. Por isso sua "paixão" por este canalha despertou novamente. Durante o caminho foram vigiados com tanto rigor quanto os outros prisioneiros, mas tinham esperança de que conseguiriam livrar-se das amarras; você pensa que, estando livre, não será muito difícil libertar Melton, e então só faltaria apoderarem-se do dinheiro e fugirem. Não é isso que pensou, Judith?
— Não podia estar mais enganado!

Respondeu ironicamente, para encobrir sua raiva. Por isso disse:
— Certo ou não, agirei como se assim fosse! Will Dunker! — gritei.

O guia apresentou-se no mesmo instante, e eu indiquei:
— Senhor Dunker, estou confiando-lhe pessoalmente esta "dama". É preciso que, ainda que ela resista, cavalgue com o senhor.

— Com sumo prazer, senhor. E quanto mais ela resistir, mais me divertirei. Vou convertê-la num inofensivo pacote.

— Faça como quiser, Dunker. Pegue dois nijoras para que o ajudem. Vá com ela para o Manancial Sombrio, onde estão reunidos os yumas e magalones. Quando os encontrar, entregue-lhes sua "dama" e regresse o quanto antes.

— Certo, cuidarei disto agora.

E uma vez montado, o comprido guia, com dois índios e o "pacote" não tardaram em desaparecer.

O chefe dos nijoras perguntou-me onde acamparíamos, já que a mim não me parecia prudente continuar ali, naquela plataforma rochosa. Uma hora mais tarde, tudo estava pronto para a partida, tempo que se empregou para repartir como butim as armas e cavalos conseguidos dos inimigos.

Foi preciso também arrumar um pouco a maltratada carruagem que nos havia servido de aríete. Quando conseguimos, Maria ocupou um dos assentos, e eu fui guiando a carruagem. Fiz assim porque Emery já me havia devolvido a carteira que eu, por minha vez, repassei a Maria e Franz, os legítimos herdeiros.

Estávamos indo para o Vale Negro, e horas antes do anoitecer já nos havia alcançado Will Dunker e os dois nijoras que o haviam acompanhado. O famoso guia me fez rir ao contar-me como havia feito a entrega de seu "pacote" aos índios yumas.

Capítulo V

A jornada até a distante aldeia dos índios nijoras foi longa e algo acidentada. Não por causa de novas lutas, mas sim pelas dificuldades do terreno e porque, levando a carruagem onde viajava Maria e seu irmão Franz, devíamos escolher os caminhos, e as distâncias se alongavam.

Particularmente, para mim, que ainda tinha a cabeça algo dolorida pela batida, aqueles dias foram tediosos e pesados, somente encontrando recompensa na conversa daquela bela mulher, de quem, ao mesmo tempo, o dever e minha consciência me diziam para me afastar, para que nossos sentimentos mútuos não saltassem à flor da pele.

Durante as horas de caminhada, encontrava-me pensando nos distantes anos em que me haveria resultado fácil cultivar mais sua amizade. Não havia sido assim por causa de meu amor pelas viagens, dando a Maria a oportunidade de casar-de com aquele homem com quem, ao final, fora tão infeliz.

Mas nos restava o nobre e puro sentimento da amizade, que também pode unir um homem e uma mulher pelo resto da vida.

Finalmente chegamos à aldeia dos nijoras. Eles saíram ao nosso encontro com vivas demonstrações de alegria, não só por verem regressar seus homens sãos e salvos, mas também porque regressavam vitoriosos e com os troféus do butim do inimigo.

Um par de guerreiros batedores, que havia se adiantado, deu a notícia de nossa chegada, e por isso a recepção não nos surpreendeu.

Particularmente eu me sentia mais cansado que o normal e isto começou a me preocupar. Os arranhões e cortes da minha pele já tinham se curado, mas a cabeça ainda me doía, de vez em quando. Este foi o motivo pelo qual não tomei, muito diretamente, parte nas festas que duraram vários dias no acampamento dos nijoras. Preferia estar descansando na tenda que arranjaram para mim e Emery, tendo Winnetou recebido uma outra tenda, como correspondia à sua categoria de grande chefe de todas as tribos apache.

Mas meu fiel amigo vinha constantemente me visitar. Winnetou conhecia as propriedades curativas de certas ervas e raízes das pradarias, recomendando-me compressas que, pouco a pouco, foram curando aquela aborrecida congestão cerebral.

Durante os cinco dias que tivemos que permanecer entre os índios nijoras, creio que me senti como um mimado enfermo. Winnetou, Emery, Maria, Franz e até mesmo Will Dunker, cuidavam carinhosamente de mim. Durante nossa estada ali, a velha carruagem foi transformada numa confortável liteira que os nijoras construíram com suma habilidade para Maria. Empregando paus, peles curtidas e cordas, eles trabalharam arduamente para que a jornada da mulher branca resultasse cômoda.

No dia anterior à partida, um nutrido grupo de nijoras saiu para caçar. Eu quis acompanhá-los, ao sentir-me bem, mas a prudência de Winnetou me aconselhou:

— Meu irmão deve reservar suas energias para a viagem de regresso; será longa e não se esqueça que pode ser perigosa. A voz já correu solta.

— A que se refere? — tive que perguntar-lhe, não compreendendo o que ele queria dizer.

— A voz de que em nosso grupo "alguém" leva uma carteira com muito dinheiro. Fala-se já da fortuna que os Melton roubaram, de valiosos documentos, milhões e...

— Sim, cedo ou tarde, ficariam sabendo — admiti.

— Por isso devemos estar sempre alertas. Até que a mulher branca e seu irmão Franz estejam em Nova Orleães, o perigo existirá. Meu irmão Mão-de-Ferro não deve prejudicar sua recuperação. Podemos necessitar de todas as suas forças!

— De acordo, vejo que tem razão. Eu ficarei!

O regresso daqueles caçadores foi muito comentado, porque entre os antílopes e outros animais, traziam outras presas. Um índio magalone e uma mulher. E a mulher era... Judith!

Os caçadores nos contaram que assim que abandonaram o acampamento, tropeçaram com seis magalones,

capitaneados pela intrépida mulher branca, que eles já conheciam. Houve uma breve escaramuça, na qual ela e aquele índio haviam caído prisioneiros, fugindo o restante dos magalones. Mas o mais surpreendente foi que os magalones estavam armados com rifles.

A pergunta que surgia era uma só: "Quem havia fornecido armas de fogo para eles?"

Tratamos de interrogar ao índio prisioneiro, mas este guardou um obstinado silêncio, sendo impossível arrancar-lhe uma só palavra. Então ordenei que trouxessem Judith que, ao invés de temer minha presença, mostrou-se tão cínica e insolente como sempre.

— Veja só, meu amigo! Estamos sempre nos esbarrando! Terminaremos nos apaixonando, de tanto nos vermos.

Preferi não responder à sua provocação, perguntando-lhe:

— O que estava fazendo nas imediações desta aldeia?

— Você sabe — replicou ela, rapidamente.

— Tentando resgatar seu querido Jonathan e, sobretudo, aos milhões. Não é?

— Realmente, sua perspicácia é extraordinária, amigo! — exclamou ela, rindo, mas visivelmente contrariada por seu novo fracasso.

— Asseguro-lhe uma coisa, Judith. Cansei-me de você, e vou dar um jeito para que não volte a nos incomodar com sua odiosa presença.

— O que vai fazer? Dar-me um tiro? Sei que não o fará.

— Certamente. Mas pedirei a Flecha Rápida que a tenha aqui como sua "hóspede" durante um longo tempo.

Horrorizada, ela me perguntou:

— Vai me entregar a este selvagem?

— Como sua prisioneira! E tenho certeza que ele a vigiará bem!

— Co... cometeria uma grande injustiça comigo. Asseguro-lhe que desta vez vim só libertar Jonathan. Vim rogar-lhe que me levasse com ele.

— Não pense que sou algum ingênuo, Judith. Você, "rogar"? E vindo acompanhada por guerreiros magalones armados com rifles? Por favor! Já tivemos bastante consideração com você. Só sua presença já me desagrada!

Já ia embora, quando ela insistiu:

— Pense bem, amigo. Se está decidido a entregar Jonathan, para que seja castigado, agüente as consequências.

Esta categórica ameaça não deixava lugar para dúvidas: ela sabia que seríamos atacados no caminho, já que pelas cercanias da aldeia vagavam cinco dos seis magalones que a haviam acompanhado.

Precisávamos agir com prudência.

Pensei que aqueles magalones que haviam conseguido fugir dos caçadores nijoras, procurariam aproximar-se durante a noite para descobrirem o quanto pudessem. Por isso decidimos que, assim que escurecesse, um cordão de bem posicionados sentinelas, ocultos na mata, rodeariam o acampamento.

Aquela medida deu excelentes resultados. Quatro magalones caíram na armadilha, ainda que o quinto novamente conseguisse escapar. Mas tão importante captura iria nos permitir continuar a viagem sem preocupações.

Além disso, uma numerosa escolta de nijoras nos acompanhou durante muitas milhas, para por fim seguirmos por conta própria. Se Jonathan Melton abrigou alguma esperança de liberdade, tal sonho se desvaneceu. Viajava muito bem vigiado e sem poder falar nem uma palavra com seu pai, Thomas, que por sua parte permaneceu calado, num silêncio obstinado.

E assim, jornada após jornada, chegamos às margens do rio Colorado, onde há não muito tempo atrás, Thomas Melton havia assassinado seu irmão Henry.

O Quinto Mandamento

Capítulo Primeiro

Ao passar por aquele fatídico lugar, Winnetou e eu nos dirigimos até a tumba de pedras que nós mesmos havíamos amontoado para enterrar o cadáver daquele desgraçado delinqüente.

Mas ao chegarmos ali, tivemos que contar aos outros a tragédia que ali havia ocorrido quando, perseguindo os irmãos Melton, o cavalo de Thomas havia caído, quebrando a perna.

Seu irmão Henry continuou cavalgando, mas logo regressou. Nós continuávamos nos aproximando, quando eles começaram a discutir. Percebemos, eu e Winnetou, que eles disputavam o único cavalo que Henry montava e vimos como, por fim, Thomas o tirou da sela e acabaram engalfinhando-se no chão.

O que aconteceu depois, foi realmente terrível.

Thomas Melton apunhalou seu irmão e também o roubou. Tirou-lhe os dez mil dólares que Jonathan havia lhe dado, como mesquinho pagamento por ter-lhe ajudado a roubar a herança milionária.

Thomas conseguiu fugir, deixando-nos de "presente" um cadáver que tivemos que enterrar poucas horas depois de termos parado ali. E aquelas pedras amontoadas agora vinham despertar a consciência amortecida do fratricida, cheio de uma estranha agitação.

Como já escurecia e estávamos cansados, acampamos ali. Do meu trágico relato, só Emery comentou algo:

— A velha história de Caim e Abel...
Um dos índios nijoras indicou-me que um dos prisioneiros queria falar comigo.
Aproximei-me e Thomas Melton decidiu falar, mansa e submissamente:
— Tenha a bondade de amarrar minhas mãos para a frente, pois quero rezar!
Pareceu-me um pedido insólito para um homem como ele. Mas não era possível recusar. Refleti um instante e como Will Dunker também havia se aproximado, pedi-lhe que assim o fizesse, consciente de que ele sabia muito bem como amarrar um prisioneiro para que não escapasse.
Dunker soltou-lhe uma das mãos, para cumprir seu pedido e então, antes que o guia o pudesse impedir, o velho prisioneiro pôs-se a rodar no chão, ajudando-se com a mão livre. Conseguiu afastar-se uns metros e quando Dunker já se dispunha a lançar-se sobre ele, para prendê-lo novamente, sua voz voltou a soar humilde na noite, ao perguntar-me, sentado na relva e apontando a tumba de pedras:
— É ali que enterraram meu irmão?
Eu havia feito um sinal para que o explorador o deixasse. Praticamente não podia escapar, ainda mais tendo as pernas amarradas, ainda que tivesse conseguido libertar uma das mãos. Por isso, tranqüilo, respondi-lhe:
— Sim, debaixo daquelas pedras.
— Pois quero que me enterrem junto dele.
Era um outro pedido estranho, que nos deixou completamente perplexos.
Fiz um sinal para que Dunker se aproximasse dele e voltasse a amarrar-lhe as mãos como ele havia solicitado.
O guia aproximou-se dele, com as cordas nas mãos e, logo, vimos os dois lutando. Will Dunker lançou um grito e, temendo o pior, achei que o tinha ferido mortalmente com uma faca escondida. Angustiado, gritei para ele:

— O que foi, Will? O que aconteceu?
— Ele pegou minha faca!
— Tire dele! — tornei a gritar.
— Não posso! Está segurando muito forte!

E Thomas Melton suicidou-se ali, sem que pudéssemos esboçar uma reação para tentar impedir este último ato tresloucado.

Capítulo II

Ficamos tão abalados com isto, que nos pusemos a orar silenciosamente.

Por fim, aproximei-me de onde os nijoras vigiavam o outro prisioneiro. Jonathan Melton estava estendido no solo, olhando a lua, com os olhos bem abertos, mas sem pronunciar uma só palavra.

— Já está sabendo? — disse. — Seu pai está morto...
— Eu sei. Deixe-me em paz.

A rudeza de sua resposta me desconcertou.

Assim, enterramos Thomas Melton tal como havia sido sua última vontade: junto ao seu irmão Henry, a quem havia assassinado.

Também alugamos uma carruagem para Maria e Franz, que ao chegar à civilização, lembrou ser um violinista e não um homem do Oeste, renunciando a seguir cavalgando. O advogado Murphy aceitou de bom grado ocupar um dos assentos, mesmo sabendo que viajaria horas e horas com pessoas que já sabiam que ele, deliberadamente, havia prejudicado.

Mas, o que podia fazer?

Não era homem de lutar, nem podia fugir. Por outro lado, pensava em empregar sua argúcia de advogado para defender-se e justificar-se, alegando que ele sempre havia acreditado ser Jonathan Melton o autêntico Small Hunter, que havia regressado do Oriente para cobrar a herança de seu pai.

Com este aumento de comodidade, voltamos a empreender nossa marcha pela estrada até o forte Bascom, para dali, passando junto ao Mississipi, chegar finalmente à grande cidade de Nova Orleães.

Quando a notícia de nossas aventuras e feitos espalhou-se pela cidade, a recepção foi colossal. Não podíamos sair na rua, sem que uma multidão de curiosos nos bombardeasse com perguntas.

O único que passou aperto, foi o advogado Murphy. Os seus negócios escusos começaram a aparecer, e seu crédito como advogado declinou totalmente. Mas tenho que ser sincero e dizer que ele fez o possível para minorar os prejuízos causados, mesmo tendo silenciado sobre a cena em que eu o havia obrigado a responder minhas perguntas com a ajuda de um cavalo e um laço.

Epílogo

E agora, umas poucas palavras para terminar. Minhas narrações de viagens apareceram em muitos jornais norte-americanos; aos meus livros foram concedidas honras em vários países onde foram editados e, em todos eles, foi dado fé de que os feitos narrados eram a mais pura verdade.

Com isto senti-me mais do que satisfeito.

No que diz respeito ao explorador Will Dunker, direi que continuou percorrendo as perigosas pradarias do Oeste, trabalhando como guia, explorador, caçador, ou simples acompanhante. Várias vezes me escreveu, mandando-me notícias.

Mas só mais tarde é que fiquei sabendo que não era ele mesmo quem escrevia as cartas!

A respeito de meu grande amigo inglês e famoso explorador, sir Emery Bothwell, realizou sua sonhada viagem à Índia, e asseguro aos meus leitores, que não tardarão em ter notícias dele.

Naturalmente, Jonathan Melton, o falso Small Hunter, que conseguiu por meio de enganos e fraudes, dispor de uma fortuna que felizmente foi recuperada, foi condenado a muitos anos de cárcere, não tardando a morrer em sua cela. Esperemos que o arrependimento haja salvo pelo menos sua alma.

De Judith, a formosa judia, que tantas e tantas vezes cruzou nosso destino, nada mais soube. Quem sabe? Até creio que ela fosse capaz de ter conquistado o coração do chefe dos nijoras quando ele a teve em sua tribo, como prisioneira. Não me espantaria se soubesse que ela é hoje esposa do velho Flecha Rápida.

Quando chego à família Vogel, noto que meu coração palpita com mais força. De Maria e Franz pode-se de vez em quando encontrar notícias, mas não nos grandes jornais, que cuidam de festas mundanas, mas sim em pequenos diários de província, e em artigos de reduzido tamanho.

Esses artigos podem resumir-se assim:
"Os irmãos Vogel, Maria e Franz, acabam de inaugurar um novo orfanato para a educação de crianças pobres. Depois de seu último giro artístico por diversos países e depois de colherem novos triunfos, ao regressarem aos Estados Unidos, mais uma vez deram prova de seu enorme coração..."

Eu sei, melhor que ninguém porque os conheci muito bem, que quando estes filantropos são questionados sobre o porque gastar sua fortuna na educação de crianças pobres, que sem ajuda não chegariam a ser nada no mundo, só obtêm um sorriso doce de Maria e um vago encolher de ombros de seu irmão Franz. Mas quando, em certa ocasião, um jornalista fez-lhes a mesma pergunta, em uma importante entrevista, responderam:

— Nós mesmos fomos crianças muito pobres, e um bom amigo nos ajudou. Minha irmã estudou canto e eu música, sendo que sou agora um violinista de renome graças a ele. E por isso agora, nossa maior felicidade consiste em ajudar estas crianças que precisam...

Quando li isto, senti-me muito emocionado, e não sinto vergonha em confessar que meus olhos, endurecidos em mil aventuras, encheram-se de lágrimas. Nem Maria nem seu irmão Franz disseram meu nome: naquele artigo não aparecia meu nome, nem alusão alguma pela qual eu pudesse ser identificado.

Mas eu *sabia* que se referiam a mim!

E isso encheu meu coração de felicidade, compensando-me por toda a ajuda que lhes dei quando ansiavam por estudar, e também, de tudo o que fiz, com a ajuda de meus amigos, para que recuperassem uma fortuna que lhes pertencia legitimamente.

Guardo este artigo e a entrevista entre meus mais preciosos tesouros.

E estes tesouros são minha correspondência. As cartas e notícias que tenho do punho e letra de meus muitos amigos. Todos esses amigos que se vai semeando pelo mundo, quando se viaja por ele com o coração na mão e um sorriso nos lábios, convidando à amizade.

Não é em vão, não há coisa que faça o mundo mais amplo do que ter amigos distantes: são eles que fazem as latitudes e meridianos...

Este livro A ÚLTIMA BATALHA de Karl
May é o volume número 6 da "Coleção
Karl May" tradução de Carolina Andrade.
Impresso na Editora Gráfica Líthera
Maciel Ltda, à Rua Simão Antônio, 1.070
- Contagem, para Villa Rica Editoras Reunidas Ltda, à Rua São Geraldo, 53 - Belo
Horizonte. No catálogo geral leva o número 2059/9B.